幼馴染の天才騎士
リリィ

《追放された主人公》
アルト

全自動魔法《【オート・マジック】》のコスパ無双

「成長スピードが超遅い」と追放されたが、
放置しても経験値が集まるみたいです

アメカワ・リーチ
逢正和

ぶんか社

C O N T E N T S

■第一章　オート・マジック覚醒編 …… 003
■第二章　騎士選抜試験編 …… 174
■エピローグ …… 262

■第一章　オート・マジック覚醒編

アルトにとって、その日は十五年間生きてきた人生の中で一番大事な日だった。

――適性《てきせい》の儀《ぎ》。

一五歳になる誕生日、少年少女たちは魔法の力を授かる。

そして同日。適性の儀において神官による鑑定《かんてい》が行われ、魔法の力が萌芽《ほうが》し、その力の器、いわゆる〝魔法適性〟を知ることになる。

いくつの魔法を同時に使えるのか。

どの魔法系統《けいとう》に才能があるのか。

結果如何《いかん》によっては就ける職業の幅も大きく変わってくる。

非常に高い魔法適性を得ることができれば、平民であっても貴族の地位を得ることさえ可能になる。

他ならぬアルトの父もこの魔法適性の恩恵《おんけい》を受けた一人であった。平民の生まれでありながら、類《たぐ》い稀《まれ》なる魔法適正の高さによってたった一代で侯爵《こうしゃく》の地位にまで上り詰めたのだ。平民が高い爵《しゃく》位《い》を授かるまでになるというのは、努力だけでどうにかなるものではなく、まさに今日行われる適正の儀の結果がなければ成し得なかったことであろう。

一方、魔法適性が低ければ、爵位を授かることはおろか騎士や冒険者として活躍することも難しい。結果的に、魔法適性が重視されない、平凡な職に就き一生を終えることになる。

言い換《か》えれば、適性の儀により人生の大半が決する。

アルトの顔には緊張の色が滲《にじ》んでいた。

「いよいよこの日が来たか……」

父親からの期待もあって、物心《ものごころ》がついた頃からずっと色々な教育を受けてきた。社交界デビューの予定も立ててあると聞かされている。

時間を確認して館を出ると、門の前に一人の少女が佇《たたず》んでいる姿が見えた。少女もアルトに気付いたようで笑顔を見せる。

門までたどり着くと、碧色《あおいろ》の双眸《そうぼう》がアルトの格好を上から下まで眺め回す。

「もう、アルト、何その気の抜けたような格好は」

笑みを浮かべながらそう指摘する少女。

――リリィ。

その名の通り、透き通るような白い肌を持つ美しい少女だ。

アルトの幼馴染《おさななじみ》で、同じ日に生まれたという不思議な縁がある。すなわち、彼女も今日、適性の儀を受ける予定だった。

家が近く仲《なか》も良い二人は、神殿へ一緒に向かう約束をしていた。

「何って言われても、俺はいつもこんな感じだけど」

アルトは今日の服装について思いを巡らせることもなく答える。

着ていたのは黒い麻の生地でできた、飾り気のない服であった。侯爵家に生まれたにも関わらず、服はこの一種類しか持っていない。

「いつもそんな感じなのはわかっているけど、それにしてもいつも通りすぎない？」

「選ぶのが面倒でこの服しか持っていないんだ。リリィも知ってるだろ？」

「知ってるけど、そういうことじゃないの！　人生で一回しかない儀式の日なんだよ？　今日くらいオシャレしたらいいのに」

「今日しか着ない服なんて買ったら、コスパ悪いだろ……」

アルトは効率的なことが大好きな――いわばコスパ厨《ちゅう》だった。

そんな彼からすれば、リリィの言う「オシャレ」のために高い服を買うなんて、あまりにコスパが悪く理解の範囲外であった。

「アルトは相変わらずコスパ厨だなぁ」

そう言うと、リリィは一歩前に踏み出し、くるりとアルトの方を振り返った。

いつもとは異なる純白の衣装がふわりと空気をはらみ、石畳に一輪の白い花が咲いたようであった。

「アルトがオシャレに興味ないのはいいけど、でも、女の子がおめかししてきたら、褒《ほ》めなさいよ」

リリィは笑いながら冗談めかして言う。

「……服なんて褒められて嬉《うれ》しいのか？」

「普通は嬉しいものなの。それに、たとえアルトにとって理解できないことだとしても、疑問を持つ必要なんてないはずでしょ」

「なぜ？」

「だって、たった一言で相手が喜んでくれるんだから。アルト流に言えば、〝コスパいい〟でしょ？」

アルトは少し考えて、それもそうだな、と納得する。

「そうか。じゃぁ、キレイだな」

「う……もう……雑すぎるよ……」

コスパの良さに訴えた結果、自分の思い描いていたのとは違う雰囲気になってしまい気が抜けるリリィであった。

「さて、時間が迫っているし、そろそろ向かわないとな」

「そ、そうね……」

アルトのいつもの調子に振り回されるリリィ。そんな彼女は、神殿に向かって先を歩き始めたアルトの背中を見て少しホッとしていた。

「ちょっとは緊張をほぐせたかな？」

いつもなら時間のちょうど一五分前に現れるアルト。そんな彼が珍しくさらに早く出てきたことに気付いたリリィ。

いつもより大袈裟《おおげさ》に振る舞ってわざとおどけて見せたリリィの気遣《きづか》いに、アルトが気付くことはなかった。

しばらく歩くと、街の神殿が見えた。大きくはないし派手さもないが、それでも、どこか神聖で荘厳《そうごん》な雰囲気を感じさせる。

中には今日まさに誕生日を迎えた少年少女たちが集まっていた。親と一緒に来ている者もいれば、同年代の仲間が応援に集まってきている者もいる。

少々騒がしい空気の中、二人も神殿の片隅で名前が呼ばれるのを待つことにした。

壇上《だんじょう》には神官がおり、その目の前に椅子が置かれている。

「ジョン」

神官が一人の名を呼び上げる。騒々《そうぞう》しいこの空間においてもはっきりと聞き取れる重々しい声が神殿内にこだまする。

ジョンと名前を呼ばれた少年が壇上に上がり、腰を下ろす。壇の近くには彼の友人だと思われる少年が三人ほど集まっていて、小さく声援を送っているようだ。

神官は目を閉じると少年の頭の上に水晶をかざし、口を開く。

「〝魔法適性鑑定〟」

神官は鑑定魔法の一種である〝魔法適正鑑定〟のスキル名を唱《とな》え、起動させた。

一度この鑑定を受ければ、芽生えた魔力の回路が開かれ、魔法の力をスキルという形で使ったり、ステータスという形でウィンドウから確認したりできるようになる。

数秒の間を置いて、神官が目を開けた。

「魔法回路――二」

少年の顔色が曇《くも》る。

それもそのはず。

魔法回路の数は同時に起動することができるスキルの数を表している。当然多ければ多いほど戦闘で有利な立ち回りが可能になるため、騎士や冒険者を目指す者にとっては大事な指標だ。

そして少年が宣告された魔法回路の数は、最低のレベルに相当する。冒険者たちは身を守るため、常に結界《けっかい》を張りながら戦闘を行う必要がある。さもないと敵の攻撃を生身の体が受けることになり、即、命を落とすことになってしまう。

結界を張りながら攻撃魔法を使用するためには、魔法回路が最低でも二つ必要ということになる。

少年にとって自分の魔法回路数が二つであるということは大きな落胆に値する事実であったが、神官にとってはよくあることだ。少年の様子など気に留めることもなく鑑定の続きを告げていく。

「続いて成長適性――」

成長適性というのは、その人物がその種類の魔法をどの程度効率よく習得できるかを示している。

つまり、どの魔法系統の才能を持っているのかがわかるのだ。

「結界魔法Ｅ
火炎魔法Ｄ
水氷魔法Ｅ

神聖魔法F
物理魔法E
強化魔法E
鑑定魔法E……」

「……」


鑑定結果を聞いて、それまで近くで声援を送っていた彼の友人たちも口を噤《つぐ》んでしまった。

「あの魔法回路と成長適性は……」

思わず、といった感じでリリィがつぶやいた。言葉にならなかった最後をアルトが引き継ぐ。

「冒険者になるのは難しそうだな」

鑑定を受けた本人も同様に思っているのだろう、うなだれて肩を落とし、壇上を後にする。

「次――」

その後も続々と名が呼ばれ、鑑定結果が告げられていく。暗い顔で壇を降りる者もいれば、当然明るい笑顔を見せる者もいる。

そして、ようやくその時が訪れる。

「リリィ」

名を呼ばれたリリィの顔が引き締まる。

「行ってくるね」

「ああ。ここで待ってるよ」

リリィは「うん」と嬉しそうに頷《うなず》き、壇上に進む。

その様子を、アルトは固唾《かたず》をのんで見守った。

リリィが椅子に座ると、早速神官が鑑定魔法を起動する。

「〝魔法適性鑑定〟」

少しの間を置いて、神官が水晶を覗《のぞ》き込み魔法適性を確認する。その表情はみるみるうちに驚愕《きょうがく》したものに変化していく。

「これは――!!」

神官がこんな反応を見せるのは、アルトが神殿に着いてから初めての出来事だった。必然、神殿内の注目が壇上に集まる。

「魔法回路――七!!」

これにはアルトも驚いた。

魔法回路が七つ。つまり、七つのスキルを同時に起動できるということになる。これは間違いなくトップクラスの才能だ。どんなスキルであっても七つも同時起動すれば強力な効果を発揮するため、各魔法系統の成長適性に関係なくあらゆる役割を担うことが可能だ。

かつて魔法回路を七つ持った者は、例外なく一流の冒険者や高名な騎士として活躍していた。世界の歴史に名を刻んだ者も少なくない。

何百万人に一人の逸材《いつざい》だ。

いつも一緒にいた幼馴染が、世界を変えてしまうかもしれないほどの才能を持っていた。この事実にアルトは驚いて言葉を失っていた。
急に彼女が遠い存在のように感じられてしまう。
だが、驚くべきことはこれだけでは終わらなかった。
「――――おおっ!!」
またしても神官が驚嘆する。
そして、神官が口にした鑑定結果は神殿内に衝撃をもたらした。
「成長適性――
結界魔法A
火炎魔法A
水氷魔法A
神聖魔法S
暗黒魔法A
物理魔法A
強化魔法A
鑑定魔法A……」
全ての魔法系統で適性A。神聖魔法に至っては適性Sランクである。
一つでもBランクの適性を持っていれば強力な冒険者になることが期待できると言われているのにも関わらず、である。まさに才能の塊《かたまり》という言葉がふさわしい鑑定結果である。長くこの適性の儀を行ってきた神官ですら開いた口が塞《ふさ》がらない。

この鑑定結果を聞いた誰しもが、国を、いや、世界を背負って立つ人間になるだろうと予感した。

そんなニューヒロインの誕生に立ち会えた喜びからか、神殿は大きな歓声の渦に包まれた。

自分の身に起きたことが未《いま》だに信じられないといった様子のリリィは、ふわふわした足取りで壇上を降りていった。

そんなリリィに、アルトは声を掛けようとする。

「リリィ――」

しかし、リリィが反応するよりも早く、奥から現れた別の神官によってリリィはどこかへ連れられていってしまう。

アルトは「どこへ連れていくんだ！」と言いそうになって思いとどまる。

世界を変えうる才能が見つかったのだ。それだけ特別なことが起きれば、神官に呼ばれるのもおかしな話ではない。

神殿内の熱狂《ねっきょう》が冷めやらぬ中、次に呼ばれたのはアルトの名だった。

「次――アルト」

その声を引き金に、神殿内の熱はだんだんと引いてゆき、やがて静まり返る。

アルトは一代で侯爵に上り詰めた人物の息子である。アルトが相手を知らずとも、相手がアルトの名を一方的に知っているのはよくあることで、同年代が多いこの空間では尚更《なおさら》であった。好奇の視線に晒《さら》されながらも、何食わぬ顔で壇上の椅子に腰掛ける。

正直、アルトからすれば周りの視線どころではない。この瞬間に自分の一生が大きく左右されるのだ。

リリィほどでなくても構わない、せめて、騎士になれるだけの魔法適性があってくれ……アルトは心の中でそう願った。

「〝魔法適性鑑定〟」

結果が告げられるまでのこの一瞬が、アルトにとってはあまりにも長く感じられた。

神官は水晶を覗き込む。

「魔法回路――」

そして告げる。

「――一」

「……え？」

アルトは思わず聞き返してしまう。聞き間違いだと本気で思ったのだ。

「……あの、もう一度言っていただけますか？」

アルトの問いかけに、神官は気まずい表情を浮かべた。しかし、もう一度はっきりと残酷《ざんこく》な事実を口にする。

「イチだ」

アルトの聞き間違いではなかった。

魔法回路が一つしかない人間が存在することは知識としてアルトも知っていた。しかし、魔力回路は二の者が大多数であり、逆に言えば魔法回路を一つしか持たない者は珍しいのだ。現に、アルトが神殿に来てから十人前後の鑑定結果が言い渡されてきたが、「一」と告げられた人物など一人もいなかった。
リリィとは逆の意味で自らの身に起きたことが信じられなかった。
魔力回路が一つしかないということは、戦闘で必須の結界を張ったらそれで終わり。最低限。他のスキルを使うことはできず、何もできないのと同義。
つまり、事実上、アルトに戦闘は不可能だということになる。
だがアルトに突き付けられた残酷な現実はそれで終わりではなかった。
「続いて成長適性――
結界魔法Ｆ
火炎魔法Ｆ
水氷魔法Ｆ
神聖魔法Ｆ
暗黒魔法Ｆ
物理魔法Ｆ
強化魔法Ｆ
鑑定魔法Ｆ……」
全ての成長適性がＦ。

すなわち、アルトは全ての魔法系統において成長が著しく遅く、どうあがいてもスキルを使うのに向いていない、いわゆる〝ノースキル〟というやつであった。

「そんな……」

ショックのあまり、よろめきながら椅子から立ち上がり、やっとの思いで壇上から降りていく。

鑑定前は好奇の視線が集まっていたが、今となっては皆一様に哀《あわ》れみの表情をしていて、アルトと目を合わそうとする者はいない。

騎士になる。そのアルトの夢は、無情にも打ち砕かれた。冒険者にすらなれない。それどころか、この有様《ありさま》では普通の職で大成する見込みも薄い。

端的に言えば絶望的。

それがアルトの受けた鑑定結果であった。

顔面蒼白《がんめんそうはく》でおぼつかない足取り。アルトは何も考えられないまま、神殿を後にする。

彼のいなくなった神殿内のあちらこちらではヒソヒソ声が立っていた。あまりの危なげな様子に誰かが後ろから声を掛けたが、少年の耳には全く入らなかった。それだけの衝撃《しょうげき》だったのだ。

以降のことをアルトはあまりよく覚えていない。気付いたら自室で呆然《ぼうぜん》としていた。

何も手につかず、何も喉《のど》を通らない。思考も形を成さない。

そして悲しいことに不幸は不幸を呼び寄せる。

「おい」

開け放したままだった部屋の入り口を見ると、そこにはアルトの実の父親であるウェルズリー侯爵が仁王立《におうだ》ちしていた。

魔法適正に恵まれ、一代で侯爵に上り詰めた父親。今のアルトにはとてつもなく大きな壁に感じられる。

「父上……」

これまで父親の厳しい教育を受けてきたアルトは、ウェルズリー侯爵の醸《かも》し出《だ》す怒気をはっきりと感じ取った。

原因はわかっている。

だが、アルトには何もできなかった。

そんな彼に、ウェルズリー侯爵は実の父親とは思えない言葉を口にする。

「即刻《そっこく》この家を出ていけ」

「――ッ!!」

「ノースキルというだけで我がウェルズリー家の恥《はじ》、汚点だ。そんな人間を家に置いておくことなど、到底認められない」

アルトは父親の言葉に絶句《ぜっく》する。

「我が家の跡取《あとと》りとしての役目は、弟に継《つ》がせる。お前は二度とウェルズリーの名を名乗るな」

アルトは、目の前の男が一度決めたことを曲げない質《たち》であることをよく知っていて、反論するだけ時間と体力の無駄だと感じた。それだけの気力が残っていなかったのもある。無言でウェルズリー侯爵の言葉を受け入れる他なかった。

――こうして、アルトは問答無用《もんどうむよう》で実家を追い出されたのだった。

◆◇◆◇◆◇◆◇◆

「……一日中働いてこれか」

アルトの手の中にあるのは銅貨数枚。枚数を数えるのすら馬鹿《ばか》らしいと思える軽さだ。報酬《ほうしゅう》という形で改めて突き付けられた自らの無価値さに、アルトは肩を落とした。

「おら、ノースキル、これからお前が自ら申し出た自己研鑽《じこけんさん》があるんだろうがよ?」

「は、はい……」

大柄な男に睨《にら》まれたアルトは、ギルドの奥にある巨大な仕分け倉庫に向かった。

魔法適性がない〝ノースキル〟で職業経験なしの十五歳。誰にでもできるような単純労働に従事するしか選択肢がなかった。

そんな仕事での稼ぎはたかが知れていた。その日暮らしが精一杯だろうと予想していたアルトだが、実際にはその日暮らしすらも危ういレベルの過酷《かこく》さだ。

仕分け倉庫には、ギルドの冒険者たちが今日のクエストで獲得した数多《あまた》のアイテムが乱雑に放置されていた。アルトはこれをたった一人で仕分けしなければならない。

自己研鑽という名のサービス残業である。

事前に鑑定魔法によってタグ付けされているアイテムを、倉庫の所定の位置に格納して回るのだ。

物を浮かせて自由に操れるだけの物理魔法のスキルがあれば体力も時間も使う必要のない作業だが、ノースキルのアルトにそんなスキルが使えるはずもない。

「……ノースキルが仕事にありつけただけマシだ……」

ギルドの先輩《せんぱい》が放った言葉を、アルトは自分でつぶやいた。家を追い出された当日に仕事が見つかるなど幸運な部類なんだ、アルトはそう思い込むことで自分を納得させていた。

この日の作業は深夜にまで及《およ》んだ。宿に戻る体力すら惜しかったアルトは、仕分け倉庫に隣接《りんせつ》している馬の飼料を蓄《たくわ》えた倉庫で眠りについたのだった。

こんな生活が数日続いた。

今日がここに来て何日目であるのかすらも曖昧《あいまい》になっていた。

過労は思考力を奪う。

先輩の無理難題に疑問を抱くこともなくなり、あまりにも安い報酬を見てもなんとも思わなくなっていた。いつ倒れてもおかしくない状況だったが、作業への慣れがギリギリのところで体を動かしていた。

この日もアルトは無心で仕事に当たっていた。今行っているのはクエストに参加するパーティメンバーが携行する備品を整備しつつ、一式を揃《そろ》えていく作業だ。出入り口の脇にある準備室で行うこの作業自体は楽なのだが、その後、合計で何十キロにもなる備品の山を遅れることなく集合場所まで届けるのが一苦労なのだ。

アルトが作業をしていると、ギルドの扉が開く音が聞こえた。冒険者や依頼者が利用する出入り口であるため、その音を耳にすること自体は気にも留まらぬ日常だ。しかし、この直後に耳に飛び込んできた声は、にわかにアルトの心をザワつかせた。

「あの――」

「ん？　珍しくずいぶんと可愛《かわい》らしいお客さんだな。なんの用だ？」

「こちらにアルトという名前の、私と同じくらいの年齢の者がいると聞いて来たのですが」

間違いない。この声はリリィだ。そして尋《たず》ね人は今まさに近くの部屋で作業しているアルトである。

しかし、アルトは顔を出そうとはしなかった。

片や魔法適性が最高水準と判断され将来を約束された少女、片やノースキルと判断されて低賃金で単純作業に従事する少年。もはや侯爵の息子でさえないアルトからすれば、二人の間には絶対に越えられない壁があり、天と地ほどの差があると感じていた。

合わせる顔などなかったし、今リリィと話していたらクエストの開始時間に届けるべき備品が間に合わなくなってしまう。

そして、偶然にも受付の男もアルトを出そうとはしなかった。

「アルト？　さてそんなヤツ、うちにいたかなぁ？」

「絶対にここにいるはずなんです、お願いします、会わせてください。少しだけ話をさせてほしいんです」

「いやぁ、そう言われても、いないもんはどうしようもないだろう」

あくまでとぼけた顔で貫《つらぬ》き通そうとする男を見て、リリィはバッグの中を探った。

「……本当はあまり使いたくないけど……仕方ない」

リリィはそうつぶやいて男に紙を差し出した。

紙を受け取った男は、その内容を読み進めるにつれて徐々に険しい表情になっていく。

「あ、ああ!! あのアルトですね！ ハルトかと勘違いしてやした！ ははは、こりゃ失礼。最近耳が遠くていけねえ」

急に態度を変えた受付は、大声を上げる。

「アルト!!」

呼ばれたのを無視すれば、今日の夜は眠れないほどの作業を押し付けられかねない。アルトは渋々部屋から出ていった。

「……」

「お、アルトそこにいたか。へへへ、お嬢さんはこちらで少々お待ちを」

「え、ええ」

手を取られたアルトは再び元いた部屋に戻ってきた。

「おいノースキル。あのお嬢さんは騎士団長の紹介状を持っている。今後、国家の中心を支える重要な人材になりうる人物であり、国がその身元を保証するなんて書かれていやがった。決して機嫌を損ねたりするなよ。それから、当然、ノースキルのお前を拾ってやったこのギルドを貶《おとし》めるようなことを言ったりしたらどうなるか、想像はできるよな？」

ニコニコした表情を作ってはいるが、声のトーンと目つきの鋭さは明らかにアルトを脅していた。

「大丈夫です。なるべく早く戻ります」

「このポンコツはそんなこともわからねえのか。逆だよ、逆！　こんな仕事は別の下っ端《したっぱ》にやらせておけばいい。お前はお嬢さんのご機嫌をとりつつ、このギルドの素晴らしさについて時間をかけて伝えてこい。特別に上得意様《じょうとくいさま》専用の商談室を使わせてやる。いいな？」

「わかりました」

「なら行ってよし」

男は扉を開けて、最上級の作り笑顔をリリィに向ける。

「いやぁ、お待たせしました。仕事の引き継ぎがありやしたもんで。ちょうど彼のシフトが終わったところで、いつも通り、定時で上がってもらうところだったんですわ。待たせちまって、すいやせんね」

「こちらこそなんだか無理を言ってしまったようで――」

「いいのいいの、気にしないでくだせぇ！　定時に上がれるのは当たり前ですからねぇ！」

アルトが定時に仕事を終えられたことなどたったの一度もなかったが、口を挟《はさ》むつもりはなかった。

「それから、話をしたいってことでしたので、ウチのミーティングルームをぜひ使ってやってくだせぇ。メンバーなら誰でも自由に使える部屋で、今日は一日中空いてますから、遠慮なく、ね！」

良い施設を常にメンバーに開放しているように見せかけることで、ギルドの働きやすさをアピールする狙《ねら》いが男にはあった。

あまりの勢いの良さに、リリィは少々気圧《けお》される。

「あ、ありがとうございます、では、お借りします」

「どうぞどうぞ、場所はアルトが知っておりますので」

男はハエのように自らの手を揉みながら二人を奥の廊下に誘導した。


雑用係の立ち入りが許されていないその商談室は一見すると普通の会議室のようにも見える。大きなテーブルとそれを取り囲むように肘掛《ひじか》け椅子が設置されており、他には壁に一枚の風景画が飾られている程度だ。では普段ギルドメンバーが使う会議室と何が異なるのか。それはテーブルも椅子もまだ新しくガタつきがないことと、密室であるため奥で働く人間の怒号が聞こえてこないことだ。


少しの間、二人は無言であった。

いつものギルドの喧騒《けんそう》が嘘《うそ》のように、扉の向こうからはなんの音も伝わってこない。

やがて口を開いたのはリリィの方だった。

「アルト、体調は平気？」

「うん、まぁ……まあまあ」

言葉を濁《にご》すなど、かつてのアルトならないことだった。それに、目の下にはっきりと見て取れる隈《くま》、生気のない瞳。リリィは会った瞬間からその異常に気付いていたが、深く追及したりはしなかった。

「今はこのギルドで働いてるの？」

「……うん、そうだよ」

「仕事はどんなことをしてるの？」

「……んー……色々かな……」

アルトはギルドを貶《けな》すなという忠告を思い出す。だからあまり多くは語らないし語れない。

すると必然的にリリィが会話を主導《しゅどう》することになる。

「あのねアルト。私、王立騎士学校への入学許可が出たの」

「そうだろうね。おめでとう」

王立騎士学校は、騎士を育成するための機関だ。その課程の中で行われる騎士選抜試験で合格を勝ち取れれば騎士になることができる。

あれほど高い魔法適性を持つリリィなら入学の許可が下りるのも当然だった。受付の男の話では、騎士団長の紹介状を持っていたということだから、許可というよりも国側から入学要請《ようせい》があったのかもしれないとアルトは予想した。

「来週、期中編入者の入学式典なんだって」

「そっか」

「入学したら寮《りょう》で生活することになるから、しばらくは会えないと思う」

「そう」

アルトは自分でもひどいと思いながらも、どこかホッとした気持ちを感じていた。これで自分と彼女の道は完全に違《たが》える。そして二度と交わることはないだろう、そう考えていた。

「応援してるよ」

今のアルトにはその一言を絞り出すので精一杯だった。

再びの沈黙が二人の間に流れる。

やがて発された言葉は二人同時であった。

「あのさ」

「なんで」

リリィは一瞬気まずそうな表情を浮かべたが、今ので何かが吹っ切れたのか、凛《りん》とした表情を見せた。

「わたし、変に遠回しに話したりするのは苦手だから、思ってることそのまま話しちゃうね」

「……」

アルトは黙って聞いていた。

「わたし、適性の儀の翌日にアルトの住んでいた館に行ったの。でも使用人の方に、アルトという名の者はこの館にはいないって言われて追い返された」

ウェルズリー家の恥だと言われ問答無用で追放されたのだ。館の内部で使用人にも色々な指示が出ていることは想像に難《かた》くない。

「外出中ならそう言われるはずだし、何かがおかしいなって思って。それで神官に尋ねたら、アルトの鑑定結果がノースキルだったことを教えてくれたの。その時、わたしは最悪の事態が起きるんじゃないかって思った」

　リリィの目が潤《うる》む。

　最悪の事態というのが、つまり死を意味していることはアルトにもわかった。

「だから、神官にお願いして、騎士団に取り次いでもらって、色々調査してもらって、それで家を追い出されてしまったことやこのギルドで働いていることが判明して、ようやくアルトの元にたどり着くことができた」

　握りしめていた拳に、リリィの目から水滴《すいてき》が零《こぼ》れ落ちた。

「本当にどこにもいなかったらどうしようって思った――」

「なんで……俺はノースキルなのに……」

　アルトは動揺《どうよう》していた。アルトのことをノースキルで身分も失ってしまった人間だとわかって尚
ここまで追いかけてきてくれた、そのことが驚きだった。

しかし、そんな驚きなどよそに、リリィはアルトの言葉を真っ向から否定する。

「そんなこと、どうでもいいじゃない！」

　怒っているようにも悲しんでいるようにも聞こえた。アルトはなんと返せば良いのかわからず、黙ることしかできなかった。

　しん、と静まり返った部屋の中。

　ぽつり、とリリィが漏らす。

「もう、黙ってどこかに消えたりしないで……」

消え入るような声で紡《つむ》がれた言葉は、確かにアルトの心を動かしていた。

アルトは、自分で自分を無価値な人間だと思い込んでいた。しかし、これは間違いだったのかもしれないと思い直す。

誰か一人でも自分の存在を認めてくれていれば、それで十分なのではないか。父親やギルドの人間からなんと言われようと、それはリリィの気持ちとは関係のないことなのだ。

俯《うつむ》いていたアルトは顔を上げた。

「心配かけてごめん」

先ほどまでの声とは明らかに違っていた。その言葉には、迷いのない、意志のある確かな響きが含まれていた。

「多分もう大丈夫」

目を見たリリィは彼の言っていることが嘘や強がりではないと理解した。

溜《た》まった涙をごしごしと拭《ぬぐ》い、微笑《ほほえ》みを浮かべる。

「もう、ほんとに、心配させないでよね。アルトならギルドの仕事も軽々こなしてスマした顔でいるくらいじゃないと」

「ああ、そうだな。今考えてみれば、俺にしては仕事の効率が悪すぎた」

「ふふ、元気になった途端に効率のことを考え始めるなんて、変なの。でも、アルトらしさが戻ってきたみたいで良かった」

笑顔を見せたリリィにつられ、アルトも表情を崩《くず》した。

◇◆◇◆◇◆◇◆◇◆

それからというもの、アルトの仕事ぶりは凄《すさ》まじかった。

効率に効率を求め、後から発生する可能性のある作業を予見して仕事を組み立てる。漫然《まんぜん》と作業に従事するのではなく、常に改善方法を考える。

その結果、帰れない日はなくなり、相当なボロ宿ではあるが毎日しっかりとした睡眠を取ることができるようになった。

体力的な負担が軽くなったわけではないが、精神的な辛《つら》さはほとんどなくなっていた。ギルドのメンバーからは見下され、馬鹿にされ続けたが、今のアルトにとってはどうでもいいことだった。

あれからリリィは毎日アルトの定宿《じょうやど》に足を運んでいた。リリィの話では近くに宿をとっているようで、帰るのが夜更《よふ》けになることもあった。アルトは、眠ることよりも話すことの方が、気力が回復する場合もあることを学んだ。

そうして生活に張りが出てきたある日、たまたま依頼が少なかったこともあり、アルトは定時に上がることができた。

いつもなら、宿に戻るとリリィが先に来ているのだが、この時間だと少し余裕がありそうだった。

まだ日が落ちていないこともあり、アルトは森に寄り道をすることにした。

今日、アルトにとって、ギルドに入ってから一番嬉しいことがあった。それは今度から冒険者パーティに雑用係《ポーター》として同行することが許可されたのだ。騎士を目指していたアルトである。たとえポーターであろうと冒険者としての第一歩を踏み出せる機会に喜んだ。

ギルドからは、来る冒険者デビューの日に備え、ノースキルといえど最低限の結界魔法を使えるよう準備しておけ、と言われていた。

これまでは、効率を求めた結果、魔法に関する全てをバッサリと諦めていたアルトであった。しかし、パーティに同行するからには諦めたなどとは言っていられない。

人気《ひとけ》のない森の開けた場所にたどり着くと、アルトは深呼吸する。

鑑定の儀を経《へ》たことで、アルトは魔法の力に目覚めている「はず」で、その力はステータスウィンドウで確認できる。

アルトはこの日、初めて自分のステータスウィンドウを確認した。

魔法回路　1
結界魔法 Lv1(0/10,000)
火炎魔法 Lv1(0/10,000)
水氷魔法 Lv1(0/10,000)
神聖魔法 Lv1(0/10,000)

暗黒魔法 Lv1(0/10,000)
物理魔法 Lv1(0/10,000)
強化魔法 Lv1(0/10,000)
鑑定魔法 Lv1(0/10,000)

全てのステータスがレベル1なのは当然のことである。これまで一度もスキルを使用したことがないのだから、レベルが上がっているはずがない。

しかし問題はその横に書かれた数字だった。

(0/10,000)

これはその魔法系統がレベルアップするのに必要な経験値を示していて、スキルを一度使用すると経験値が一ずつ貯まっていく。他にもモンスターを倒したりダンジョンを攻略したりすることで経験値が追加で貯まるが、駆け出し中の駆け出しである場合は地道にスキルを使って貯めていくのが普通だ。

数値の通り、アルトの場合はスキルを一万回使ってようやくレベル2になる。

レベル2に上げるための必要経験値は百程度が一般的な数値だと言われている。つまり、アルトの成長速度は他人の百分の一程度なのだ。さらにレベルが上がるにつれてレベルアップに必要な経験値は増えていくというのも大きな問題点だ。これだけでも、アルトの魔法適性がいかに絶望的であるかがわかる。

だが、アルトの気を重くしている原因はそれだけではない。

「魔法回路、一だもんな……」

魔法回路の数は、戦闘でどれだけ活躍できるかという指標にもなるが、同時に成長速度の指標にもなっている。

魔法回路が二つある者は、二つのスキルを同時に発動することができる。一方のアルトは魔力回路が一つであり、スキルを同時に発動することができるのは一つまでである。つまり、両者を比較した場合、十分な魔力があると仮定すれば、アルトの経験値が貯まる速度は魔力回路が二つある者に比べて半分しかないと言える。

「レベルアップに必要な経験値の多さ」と「同時に発動できるスキルの少なさ」の二重苦が、アルトの魔法的成長を難しくしている。

だが、レベル1であっても使えるスキルは存在している。

まずはその超初級スキルの使い方を覚えようという心づもりであった。

アルトはギルドから借りてきた、よれよれの教本《きょうほん》『新・本当に誰でも使えるスキル集2』という本のページを開く。

レベル1では使えないスキルが載っていることを考えると、『誰でも』の中にアルトは含まれないらしい。

「レベル1でも使える結界魔法は……」

アルトはページを探し当てる。頭の中でスキルのイメージを組み立てる。

「〝身体結界〟」

アルトはそう発声する。

すると、仄《ほの》かな光が辺りに漂《ただよ》い始める。

その光はゆっくりとアルトの体に集まっていき、やがて体全体を包んでいく。アルトの体にぴったりフィットしたところで、光は明るさを失った。それと同時に、アルトの視界には結界の耐久度を表したゲージが出現する。

冒険者の間ではライフと呼ばれているものだ。このライフが残っている間は、結界がアルトの体を守ってくれる。逆に、このライフが尽きて結界が消滅すれば、生身の体が圧倒的な攻撃力に晒されることになってしまう。結界魔法は発動から定着まで少しの時間を要するが、戦闘の場面ではその僅《わず》かの間に致命的なダメージを負いかねない。いわば、結界は冒険者にとっての命綱なのだ。

アルトの張った微弱な結界であっても、低級モンスターの攻撃なら数回は受けられる。

「とりあえず発動はできたみたいだな」

スキルの発動すらままならないかもしれない、そう心配していたアルトは胸を撫《な》で下ろし、再びステータスウィンドウを確認する。

結界魔法　Lv1(1/10,000)↑up

確かに経験値は増えている。しかしこのペースではレベルが上がるまでに膨大な時間を要してしまう。

しかもアルトの場合は、衣食住のためにスキルをほとんど使う必要のない単純作業の仕事をしなければいけない。その合間を縫《ぬ》って修行をして経験値を貯めるとなると、レベルアップがいつになるのか想像もつかない。

アルトは大きな溜息《ためいき》をついた。

(最低限の結界魔法が使えれば冒険者として同行することが許されているんだ。効率を考えれば、やはり魔法の鍛錬《たんれん》には力を入れずに、魔法以外の部分を突き詰めて磨いていくのが良さそうだな)

アルトは改めてそう思った。

——だが。

その時だ。

【——スキルを使用したため、自動魔法《オート・マジック》が覚醒《かくせい》しました】

アルトの頭の中でそんな声が響《ひび》く。

「……え？」

アルトは突然のお告げに驚く。

そして開きっぱなしだったステータスウィンドウを見ると、

魔法回路 1
自動魔法 Lv1(0/10,000) ← New!!
結界魔法 Lv1(1/10,000)
火炎魔法 Lv1(0/10,000)
水氷魔法 Lv1(0/10,000)
神聖魔法 Lv1(0/10,000)
暗黒魔法 Lv1(0/10,000)
物理魔法 Lv1(0/10,000)
強化魔法 Lv1(0/10,000)
鑑定魔法 Lv1(0/10,000)

そこには見慣れない文字が追加されていた。

「自動魔法《オート・マジック》……？」

聞いたこともない魔法系統だ。

しかしこうしてステータスウィンドウに出てくるということは、アルトはその力を使えるということになる。

「いったいどうやって使うんだ……？」

アルトがそう疑問を口にした次の瞬間、視界に新たなウィンドウが開く。

◇◇◇◇◇◇◇◇◇◇◇◇

＜テキスト１＞

※ここに自動発動したいスキルを記述してください。

◇◇◇◇◇◇◇◇◇◇◇◇

「――自動発動って……例えば〝ファイヤー・ボール〟とか？」

アルトはそうつぶやく。

すると。

◇◇◇◇◇◇◇◇◇◇◇◇

＜テキスト１＞

ファイヤー・ボール

※発動するには、タイトルを頭の中で思い浮かべてください。

◇◇◇◇◇◇◇◇◇◇◇◇

ウィンドウに表記されていた文字が置き換わる。

「思い浮かべる……どういう意味だろう。とりあえずやってみるか」

アルトは表記されていたタイトルをそのまま心の中で唱える。

（テキスト1）

と、次の瞬間。

【処理を開始します。〝ファイヤー・ボール〟を起動します】

脳内で女性の声が響いたかと思うと、今度は指先に微《かす》かな温もりを感じた。見れば、蚊《か》ほどの炎が灯《とも》っているではないか。

「えっ!?」

小さいとはいえ炎は炎だ。アルトは急いで離れた位置にある岩に指先を向けた。

すると、炎は指から離れてゆき、標的である岩にたどり着く前に空中でそのまま消えた。

レベル1の火炎魔法による〝ファイヤー・ボール〟としては普通の威力《いりょく》であり、アルトもそれは承知していた。アルトが驚いたのは別のところにあった。

「詠唱《えいしょう》なしでスキルが発動した!?」

スキルの発動にはそのスキル名を口にする行為――この行為は『詠唱』の通称で呼ばれる――が

必要だ。

だが、今、アルトはそれをしなかった。何も言葉を発さないままに〝ファイヤー・ボール〟が発動されたのだ。

スキル発動に詠唱は不可欠。それは駆け出しの冒険者であろうが一流の冒険者であろうが変わらない、魔法の常識であった。

しかし目の前で起きた現象は、間違いなくその当たり前の法則に反していた。

アルトが驚いていると、ウィンドウの画面がさらに置き換わっていく。

◇◇◇◇◇◇◇◇◇◇◇◇

＜テキスト１＞

ファイヤー・ボール

※複数のスキルを登録して、連続して使用することができます。

◇◇◇◇◇◇◇◇◇◇◇◇

（複数スキルを登録……？　例えば……〝ファイヤー・ボール〟をもう一つとか？）

するとテキストに〝ファイヤー・ボール〟が一行追加される。

（後は〝マジックバフ〟も二つ繰り返すとか？）

アルトが思い浮かべると、その通りに文面が置き換わっていく。

◇◇◇◇◇◇◇◇◇◇◇◇

＜テキスト1＞
ファイヤー・ボール
ファイヤー・ボール
マジックバフ
マジックバフ

◇◇◇◇◇◇◇◇◇◇◇◇

「これって、もしかして……」

アルトは柄にもなくワクワクしていた。

再び、心の中でタイトルを唱える。

（テキスト1）

すると——

【処理を開始します。〝ファイヤー・ボール〟を起動します】

先ほどと同じ、無機質な響きのある声が脳内に流れる。

アルトはスキル発動のイメージなど一切《いっさい》浮かべていないし、詠唱も行っていない。にも関わらず、指先から再び火の粉が発射された。

そして、

【続いて、〝ファイヤー・ボール〟を起動します】

もう一度、火の粉が宙を舞《ま》う。

さらに、

【続いて、〝マジックバフ〟を起動します】

今度は僅かにアルトの体が発光したかと思うと、すぐに元に戻る。アルトにとって初めての感覚だったが、これがステータスの上昇なのだと直感した。

【続いて、〝マジックバフ〟を起動します】

「す、すごい!!」

目の前のウィンドウ内に書いたスキルが、上から順に自動的に発動されていった。

最初にタイトルを思い浮かべさえすれば、その後アルトは何も意識する必要がない。

さらに、アルトはもう一つの事実に驚愕する。

「結界が消えてない！」

あまりに驚きの連続で気付くのが遅れたが、本来アルトの持つ魔法回路は一つ。つまり、結界や強化など持続性のあるスキルを発動している間は、そのスキルが魔法回路を占有《せんゆう》してしまうため、他スキルの発動はできないはずであった。

しかし、アルトの視界には依然としてライフバーが存在し続けている。

どうやらオート・マジックは、自身が持っている魔法回路を一切使わず、オート・マジック自体が代わりにスキルを発動してくれるらしい。これにより、例えば、本来なら複数回路が必要な重複強化なども簡単に可能になるということだ。

さらに、自動でスキルを発動してくれるため、撃ちっぱなしにすることもできる。

「もしかして、これって経験値稼ぎたい放題なんじゃないか?」

そう思ってステータスを確認してみる。

魔法回路　1
自動魔法 Lv1(5/10,000)←up
結界魔法 Lv1(1/10,000)
火炎魔法 Lv1(3/10,000)←up
水氷魔法 Lv1(0/10,000)
神聖魔法 Lv1(0/10,000)
暗黒魔法 Lv1(0/10,000)
物理魔法 Lv1(0/10,000)
強化魔法 Lv1(2/10,000)←up
鑑定魔法 Lv1(0/10,000)

「やっぱり、ステータスがちゃんと上がってる！」

しかも経験値の上がり方を見ると、オート・マジックの経験値は記述したスキルが一度発動されるたびに一ずつ上がっている様子だった。

そしてまたしてもウィンドウの表示が書き換わる。

◇◇◇◇◇◇◇◇◇◇◇◇◇

＜テキスト１＞
ファイヤー・ボール
ファイヤー・ボール
マジックバフ
マジックバフ

※繰り返しを設定する場合は、次の構文を用いてください。
　for 回数
　　スキル名
　next

◇◇◇◇◇◇◇◇◇◇◇◇◇

（スキル自動発動の繰り返しを回数で指定できるのか!? これなら夢のまた夢だと思っていた魔法のレベルアップが現実のものになるかもしれない）

アルトは早速別のスキルでも試そうと考えたが、そこではたと気が付いた。いつの間にかすっかり日が落ちていたのだ。

訓練は後日でもできる。アルトは荷物をまとめ、今日の出来事をリリィに報告すべく足早に家路《いえじ》を急いだ。

◇◆◇◆◇◆◇◆◇◆

「…………冗談……なわけないもんね……？　でも、そんなこと……あり得るの？」

二人で夕食をとった後、アルトからオート・マジックのことを聞いたリリィの第一声はこれだった。

使用者であるアルトにすら未だに信じられないのだから、話を聞いただけのリリィが半信半疑《はんしんはんぎ》になるのも無理はなかった。

そんなリリィも、アルトが詠唱なしで発動した〝マジックバフ〟を見て、テーブルの向かいから身を乗り出した。

「すごい!!　すごいよ、アルト！　こんなユニークスキルを持っていたなんて！」

ユニークスキルとは、基本八種の魔法系統に分類できない特殊な魔法系統のことを指す。誰もが知る有名かつ強力な例では、剣を使った体捌《たいさば》きが劇的に上達する『剣聖《けんせい》』や、その場にいながらあらゆる場所を見通すことができる『千里眼《せんりがん》』などが挙げられる。

ユニークスキルが発現するのは珍しいが、そのユニークスキルが戦闘に応用できるような有用なものであるというのはさらに稀有《けう》なことである。

「詠唱なしで連続してスキルを撃てるってことは、発動速度でアルトの右に出る人はいないっていうことでしょ⁉　これなら絶対強くなれるよ！」

「それに、単純に連続で発動するだけじゃなくて、その間に何か別の行動をしたりすることで応用もできると思う」

リリィはこくりと頷いた。

「わたしもそう思う。これからが楽しみだね」

「ああ」

リリィはアルトが強くなれるだろうことを心から喜んでいる様子だった。

そしてアルトは帰り道に考えていたことを口にする。

「どんなことができるかは追々考えるとして、さしあたって気になるのは、このオートマジックが眠っている間も発動を続けられるかということだ」

リリィは不思議そうな表情を浮かべる。

「確かにオートマジックはすごいけど、でも、いくら自動でスキルが発動できるからってダンジョンで眠るわけにはいかないでしょ？」

「いや、そういうことじゃない。今日の夜から超高効率での経験値獲得が可能なのかどうか、そこが問題なんだ」

「そう言われてみればそうね……回数を指定しただけで自動的に発動し続けられるなら経験値が自動で貯まるも同然だし」

「一日の五分の一も意識を失ってただひたすらに体力回復に時間を費やすのは、前々からもったいないと思っていたんだ」

「さ、さすがコスパ厨……」

「普通のことだろ」

しかし、とアルトは顎《あご》に手を置く。

「寝ている間にスキルを大量に発動した結果、とんでもない何かが暴発してしまわないかといった怖さもある」

「そうね、寝ている間にスキルを発動するのなんて、歴史上アルトが初めてだろうし……」

「かといって毎晩少しずつ発動量を増やしながら確認するのは――」

「効率が悪い、でしょ?」

「ああ」

リリィはクスッと笑って、いいことを思いついたとばかりに弾んだ声を上げる。

「だったら名案があるわ」

「教えてくれ」

「あのね、今日はわたしがアルトの宿に泊まるの。それで、アルトが寝た後の様子をわたしがしばらく見守る。もし妙なことが起きそうならわたしがアルトを起こせばいいでしょ？」

「ああ、確かにそうだが……」

珍しく口籠《くちごも》るアルトを見て、リリィは「もしかして？」と思った。普段恥ずかしがる様子など一切見せたことのないアルトであるが、さすがに同じ屋根の下で一夜を共にするというのはアルトにとっても何か感じることがあるのだろうか？

少し顔を赤くしたリリィに一切気付くことなく、アルトは遠慮《えんりょ》がちに口を開く。

「その提案は嬉しいけど……リリィにとって効率が悪すぎないか？　確かに俺にとっての効率はとてもいいんだが……」

「え？　あ、ま、まあ、……でも……それはそうかもしれないけど……そうでもないっていうか……なんというか……」

予想外の角度から飛んできたアルトの疑問に、リリィはしどろもどろになる。

そんなリリィの様子を見て、アルトはある結論に達した。

「なるほど、さてはリリィ、何か対価を要求する気だな？」

「へ……？」

リリィは一瞬ポカンとした表情になったが、しかし、それも悪くないかもしれないと思い直す。

「んー……。じゃあ一つ、聞いてもらおうかな」

「やっぱり。それで、なんだ？」

「二日後なんだけど、アルトのお仕事がお休みって話だったじゃない？」

「ああ。どうも年に一度開かれるギルドの慰労《いろう》パーティがあるみたいなんだ。ただ、雑用は参加させてもらえないらしい。そんなパーティ、興味ないからいいんだけどさ」

アルトにとってはギルドの慰労パーティなど時間の無駄でしかなく、そんな無駄を回避できるのは寧《むし》ろありがたいことだった。

「その日がどうかしたのか？」

「実は、王立騎士学校の入学式典の前日なの。必要なものを揃えたりしたいから、買い物に付き合ってほしいかも」

リリィのお願いにアルトは逡巡《しゅんじゅん》する。

これまでは必要なもの以外を購入するお金も、店舗を見て回って悩む時間も、非効率的で無駄なことだと思っていたアルト。しかし、オート・マジックを得た今、何をしていても並行して修行ができる。それなら買い物に出るのも悪くないかもしれない、と思った。

それにリリィが入学してしまえば、二人はしばらく会えなくなるのだ。アルトの胸の内に、ふと寂《さび》しい気持ちが湧いたのも事実だった。

「了解。でも今の俺は懐《ふところ》に余裕がないから、基本的にはリリィの買い物について回るだけになるけど、それでもいいのか？」

「ふふ、お金に余裕があったとしても、アルトが積極的に買い物して回っている様子は想像できないけどね」

からかわれていることにも気付かず、まあそれもそうか、とアルトは妙に納得していた。

――アルトが寝息を立て始めてからしばらく経《た》った頃。

アルトの眠るベッドに腰掛けていたリリィは、眠い目をこすっていた。

静かな夜だった。聞こえてくる音といえば、古くなった宿がなんの理由もなく時々軋《きし》んで上げるギィというものくらいであった。

月明かりが窓から差し込んでアルトの寝顔を微かに照らす。

「寝ている時の顔は昔から変わらないんだね」

リリィはアルトの頬《ほお》をつついてクスッと笑う。

二人は同じ日に生まれ、それ以来ずっと近くで暮らしていた。一緒に遊び、学んできた。そうした日々の中で、アルトは騎士を志すようになる。アルトの夢に引っ張られる形で、いつしかリリィも同じ夢を抱くようになった。二人で同じ道を歩めると信じて疑わなかった。

だから、王立騎士学校が寮制だと聞いた時に、入学を即答できなかった。騎士団長からは入学前日までに決断してくれれば良いと言われていたので、実を言えば、リリィは今からでも入学を断ることができる。

そして実際、アルトを発見した日のリリィは、入学を断ろうと考えていた。

もしリリィが入学してしまえば、二人の生きる世界は決定的に異なることになる。その二つの世界の差は時を経るごとに大きくなり、結果的にそれが今生《こんじょう》の別れになるという気がしていた。そんなことになるくらいなら、騎士学校へ入学しない方がマシだと考えていたのだ。

しかし、今日までのアルトの前向きな頑張りと、さらに数時間前に見せてもらったユニークスキル。

まだ一緒に夢の続きを描ける気がした。

だから、つい先刻、リリィは入学を心に決めた。

「オートマジックは……大丈夫そうね」

攻撃魔法の制御が利かなくなっては困るため、二人で話し合った結果、オート・マジックの制御文はこのようになっていた。

◇◇◇◇◇◇◇◇◇◇◇◇◇◇◇◇◇

<睡眠訓練テスト1>
for 5000
　マジックバフ
next

◇◇◇◇◇◇◇◇◇◇◇◇◇◇◇◇◇

微かな光がアルトに灯っては消えていく。この現象がかれこれ数百回は繰り返されていた。

リリィは立ち上がると手近な椅子を引っ張り寄せ、横たわっているアルトに向きを変えた。そしてストンと古い椅子に腰を落とす。

深呼吸をする音が寝息に重なる。

「わたし、騎士になるね、アルト」

もちろんアルトはなんの反応も返さない。

リリィは満足げな表情を浮かべると、何が起きてもすぐに反応できるよう、椅子に座ったまま膝《ひざ》を抱く形に縮こまって目を閉じた。


夜が明け、部屋に注がれる日差しにアルトのまぶたが刺激される。

リリィよりも早くに目を覚ましたアルトは、すぐにウィンドウを確認した。

まず目に入ったのはオート・マジックのウィンドウで点滅している文字であった。

◇◇◇◇◇◇◇◇◇◇◇◇

＜睡眠訓練テスト1＞
　for 5000
　　マジックバフ
next
※魔力切れのため、魔力が回復するまで発動を中断しています。
処理を中止する場合は、＜中止＞を宣言してください。

◇◇◇◇◇◇◇◇◇◇◇◇◇◇◇

「魔力切れになると自動で発動が中断されるのか。ただ、リリィが俺を起こさなかったということは、少なくともリリィが起きていた間は正常にスキルが発動されていたということだろう。ひとまず〝中止〟だ」

アルトの「中止」という宣言により、点滅していた警告文はフェードアウトしていく。

魔力も体力のように、スキルを発動せずに放置していれば自然に回復してく。

魔力切れによって生じるデメリットはスキルを使えなくなるという一点に限られる。今のところ基本的にスキルを利用しない単純作業に従事するアルトにとってはデメリットと言えるほどのことではなかった。

唯一、パーティに同行してクエストに参加する日にさえ気を付ければ良い。

「これで寝ながらでも修行できることがわかったな」

アルトは確認のために一応ステータスウィンドウも開く。

魔法回路 1
自動魔法 Lv1(806/10,000)←up
結界魔法 Lv1(1/10,000)
火炎魔法 Lv1(3/10,000)

水氷魔法 Lv1(0/10,000)
神聖魔法 Lv1(0/10,000)
暗黒魔法 Lv1(0/10,000)
物理魔法 Lv1(0/10,000)
強化魔法 Lv1(803/10,000)←up
鑑定魔法 Lv1(0/10,000)

「経験値が一晩で800も……!!」

発動回数に応じて経験値が貯まるのだから、この結果はアルトの想像の範疇《はんちゅう》であった。しかし、つい一日前までは魔法を完全に諦めていたのだから、実際にその数値を目《ま》の当たりにすると興奮で思わず声も大きくなる。

「ぅん？」

アルトの声に起こされたリリィも状況を聞いて心から嬉しそうな表情を見せた。この後二人はひとしきり喜び合った。

◇◆◇◆◇◆◇◆◇◆

――オート・マジックの力に目覚めたアルトだが、しかし、いきなり強い冒険者になれるわけではない。

自動で経験値が貯まるとはいってもレベルアップに要する量が他人よりも莫大《ばくだい》であることに変わりはない。加えて、スキルの威力が上がったわけでもないのだ。

つまり、ユニークスキルが発動し一晩修行を続けたアルトであるが、世間的には相変わらず〝ノースキル〟のままだった。

「……おら、ノースキル！　もっと一生懸命働けよ！」

倉庫で荷物運びをするアルトに、ギルドの隊長は吐き捨てるようにそう言った。

「はい！」

職場の雰囲気は決して良くない。特に〝ノースキル〟であるアルトへの風当たりは強かった。

また、スキルを常時使うことによって魔力が減っていくだけでなく、僅かながら疲労《ひろう》も蓄積《ちくせき》していくため、オート・マジックによる修行は想像していたよりも遥《はる》かに大変なものであった。

だがアルトは、今は耐える時だ、と思っていた。魔力が続く限り、時間場所問わずにどんどん強くなっているという感覚が大きな支えになっていたのだ。

◇◆◇◆◇◆◇◆◇◆

アルトとリリィの二人は、朝早くから馬車に乗って、離れた街に買い物に来ていた。

街の名を『ミントン』という。

彼らの住んでいた辺りでは最も大きい街であり、アルトの初めて見るような店が数多く軒《のき》を連ねていた。

二人は店から店を渡り歩き、リリイの寮生活に必要だと思われるものを買っていった。

あらかじめ宣言していた通り、アルトが昼食以外に何かを購入することは一切なく、ずっとリリィについて回っていた。もっぱら、リリィから意見を求められたら返答するというのが彼の務《つと》めであった。

日が傾き始めた頃、リリィはある店の前で足を止めた。

「えっと、これで最後。このお店ね」

アルトが見ると、それは女性の下着を取り扱っている店であった。

「あれ？　さっき服屋は行かなかったか？」

「行ったけど、……ここのが欲しいの！」

「ふうん、そういうもんかね？」

下着なんてわざわざ別の店で購入するほど機能性の違いがあるとは思えず、同じ種類の服しか持っていないアルトにとっては全くもって理解不能なことであった。しかし、今日は睡眠訓練に付き合ってくれたお礼としてリリィの行きたい場所に行く日なので、これ以上ツッコむのはやめておいた。

「わたしはここで買い物してくから、その間、二つ前のお店の近くにあったトレーニングセンターに行ってみたら？」

街中では特に攻撃系のスキルを使うことができず、訓練場所に困る。そのようなニーズに向けて、低級スキル撃ち放題のトレーニングセンターという施設《しせつ》が存在していた。

アルトの住んでいた街には存在しない施設なので気にはなっていた。それに何より、まだ試したことのない魔法系統も一通りは試してみたいとも思っていた。

だが、問題はアルトに持ち金がないということだった。

渋い顔をするアルトの様子にリリィが気付く。

「あれ？　もしかして知らないの？」

「え？」

「この街のトレーニングセンターは、アルトのいるギルドと提携《ていけい》してるからお金は要らないはず」

「お金が要らない……だと……？」

アルトは初めて、今のギルドに入って良かったと思えた。

「そうと決まれば時間がもったいないな。行ってくる！」

そう言い残し、アルトは小走りで去っていった。


トレーニングセンターは混み合っていた。ちらほらと明らかに冒険者には見えない風体の人間も見受けられる。受付で聞いた話では、最近、ここミントン近くの街中や山道、坑道などでモンスターが現れるようになり、その影響で繁盛しているのだという。

言われてみればアルトの所属するギルドへの依頼も増えていた。だからこそ人手が不足気味になり、アルトのようなノースキルでもポーターとしてパーティに同行できることになったのだ。

アルトはそれから時間を忘れて訓練に没頭《ぼっとう》した。

ここで全ての魔法系統を試しておくことで、日常生活の中で可能な訓練、森の中で可能な訓練などを分類することができる。例えば、日常生活において火炎魔法や水氷魔法などを発動し続けていたら、それはただの危険人物である。

八種類の魔法系統を試し終え、今度は発動順の組み替えを試すことでオート・マジックの応用方法を研究していた。

そんな折、遠く離れたところから名前を呼ぶ声が聞こえてきた。

「アルトー！」

振り向くと、リリィが入り口の近くにいるのが見えた。

アルトは訓練を終了した。

「リリィ、本当に無料で利用できたぞ！」

「ふふん、言ったでしょ？」

「コストがないパフォーマンス、最大のコスパだ。……って、あれ、荷物はどうした？」

リリィの物理魔法である〝フロート〟によって運んでいたはずの購入品たちが見当たらない。

「来る途中に運送業も営んでいる行商人がいたから預けてきたの。明日には寮に運んでおいてくれるって」

リリィは手に持っていたものをアルトに差し出す。それは練られた小麦を薄焼にしてフルーツを包んだ甘い菓子であった。

「美味《おい》しそうなお菓子見つけちゃった。これ、今日のお礼ね！　近くに広場があったから、そこで食べてから帰ろっか」

「広場なんてあったのか。気付かなかったけど、そうしようか」


この街の中央広場のベンチに二人は並んで腰掛けた。茜色《あかねいろ》に染まり始めた空に照らされながら、なんとなく互いに無言のままで菓子を食べていた。だが、気まずいと感じることもなかった。広場の中央には噴水が設置されており、絶えず鳴り続ける水の音が二人の沈黙を支えていた。

それからまもなくして菓子を食べ終えた二人。

立ち上がってしまえば今日の買い物が終わり、二人で一緒にいる時間も終わる。とはいえ、夜になってしまえば二人が宿泊している街に戻ることができなくなってしまう。

先に沈黙を破ったのはリリィだった。

「今日はありがとね」

「ついて回っていただけなのに、本当にこれで良かったのか？」

「うん。買い物って一緒に歩くのが楽しいんだから。アルトがコスパに目覚めてからは一緒に買い物に行くことなんてなかったし、それに――」

「……それに？」

「それに、明日からしばらくは、こうして一緒に話すこともできなくなっちゃうから」

「そうだったな。本当にすごいことだと思う」

アルトは遠い空を見上げる。

「リリィがいつも引っ張ってくれたおかげで今の俺がいる。リリィがいなかったら俺は孤独だっただろうし、今だって上を向いていられなかったかもしれない」

心からの素直な言葉にリリィは照れて足を振り子のように動かした。

「ねぇ、アルト、覚えてる？　アルトがわたしに夢を語ってくれた日」

「いや、あんまり……」

「昔、ちょっとしたことがあって泣いていたわたしを見て、アルトは元気を出せって言ったの。辛いことがあってもいつか味方が救いに来てくれるから大丈夫。もし誰も来なかったとしても、アルトが騎士になって助けに来るから大丈夫ってね」

「それっていつの話だ？」

「まだ八歳とか九歳とかそれぐらいだったかなぁ？」

「うーん……小さいとはいえ、時間と論理が飛躍《ひやく》してて恥ずかしいな」

「恥ずかしいのそこ？」

リリィはクスクス笑った。

「当時のわたしはこれといった夢なんかなくて、なんとなーくみんなと楽しければいいって思って生きていたの。そんなわたしにとって、アルトはすごい存在に見えていたわ。そうやってくっついて回っているうちに、いつの間にかわたしもアルトと一緒に騎士になりたいって思うようになってたの」

「そして、まさにその夢を叶《かな》える第一歩を踏み出すわけだな」

「うん」

「リリィなら国を引っ張る一流の騎士になれると思うよ」

「……ちゃんと話聞いてた？」

「え？」

「わたしは一流の騎士になりたいわけでも、国を引っ張る存在になりたいわけでもないの」

リリィはベンチから立ち上がって振り返る。噴水から散った水滴に乱反射した光がリリィを背中から照らす。

「わたしの夢は、アルトと一緒に騎士になることだから――」

頬を染めた赤色は、空の茜色に滲み、誰にも気付かれることはなかった。

「だから、わたしが学校に入学するのは、一足先にスタートラインに向かうだけ」

決意に満ちたリリィの瞳。

アルトにとっては一度諦め、失《な》くしかけた夢だ。

――でも、今なら。

アルトは息を吐いて立ち上がる。

「そうだな。少し時間がかかるかもしれない。でも待っていてくれ。絶対に俺も追いつくから」

現状はノースキルに等しい状態のアルト。

けれど、時間をかければきっとリリィに追いつける。今はそう思えた。

「うん。待ってる」

リリィは顔を綻《ほころ》ばせ、ポケットから小さな箱を取り出した。

「これ、アルトにプレゼント」

「プレゼント？」

「うん。アルト、自分では必要なものしか買わないでしょ？　だから、わたしからのプレゼント。わたしとの約束を忘れないための」

アルトは突然のことに戸惑いながらも小箱を受け取った。

「開けてみて？」

リリィの言葉に従って丁寧に中身を取り出す。ヒンヤリとした感触がアルトの指先を伝った。

「これは、ペンダント？　随分《ずいぶん》細かい模様が細工されているが」

「そう。騎士が討伐《とうばつ》した竜の鱗《うろこ》が入ってるんだって。薄いしお手入れ不要だからずっとつけていられるの。これなら面倒じゃないでしょ？　それに、アルトのいつもの服の下に身につけていればファッションの邪魔にもならないし」

「ありがとう」

「いいえ。つけてあげるね」

リリィはアルトからペンダントを受け取ると、後ろに回る。

「それにしても、こんな装飾品が売っている店、見たことないぞ」

「この辺りではミントンの街にしかないみたい。だから今日はちょっと遠出になっちゃった」

「え、今日買ったのか？」

「そうよ？」

「いつ？」

「アルトのコスパ厨ぶりをよく知るわたしが、わざわざ下着屋さんの前までアルトを連れていって、そこからしばらく戻った場所にあるトレーニングセンターを勧《すす》めると思う？」

「なるほど、入念に計画されていたってわけか。だからトレーニングセンターが俺のギルドと提携していることまで知っていた、と」

「そういうこと。はい、ついたよ」

「こんなのつけたことがないから、なんだかムズムズするな」

「大丈夫、すぐに慣れるよ。それよりほら、こっち向いて見せて」

アルトがくるっと回って、リリィに向き直る。

銀色のペンダントが服の上で輝いている。

「うん、似合ってる！　かっこいいよ」

「お……おう……」

アルトは不思議な気分になりなんと返して良いのかわからず頭を掻《か》く。身につけているものを褒められるのは初めてで、じんわりと温かい気持ちが胸いっぱいに広がっていった。

「ほら、服なんかを褒められたって嬉しいでしょ？」

リリィはいたずらっぽい笑みを見せると、歩き出した。

◇◆◇◆◇◆◇◆◇◆

——適性の儀の半年後。

アルトは休日の朝イチから、レベルの低いダンジョンへと足を運んでいた。修行と小遣《こづか》い稼ぎを兼ねて、毒ラビットの駆除《くじょ》クエストをこなしているのだ。

何百何千と存在するモンスターの中でも、毒ラビットは最弱クラスと言われるモンスターだ。一匹程度なら、戦闘経験のない非冒険者であっても武器で倒すことが可能なレベルである。

この弱さが原因で、倒したところで追加の経験値はほとんど入らない。それ故、普通の冒険者はその仕事をやりたがらない。だが放置しておくと数が増えてしまい農作物などに甚大《じんだい》な被害が出るため、低級の冒険者が駆除を行うのが常だった。

「〈ファイヤー・ボール〉起動！」

アルトは毒ラビットを見つけると、オート・マジックに記録したテキストを起動し、攻撃魔法を放つ。

本来なら記述したテキストのタイトルを念じるだけで十分なのだが、この念じるというのが案外と厄介で、念じている途中で一瞬別のことが頭をよぎったりすると発動がキャンセルされてしまう。

結局口に出すのが安定するという結論に達していた。

現れた火の玉は勢いよくラビットに向かっていき、見事に命中する。ラビットは丸焦げになって絶命した。

「よしよし」

半年前までは弱々しい火の粉程度しか射出できなかったアルトの火炎魔法だが、半年間鍛え上げた成果で、ウサギ程度であればなんとか一撃で倒せるようになっていた。

今日もかなりの数のラビットを倒したので、アルトは少し休憩《きゅうけい》することにした。

ダンジョンとはいっても、毒ラビット以外のモンスターの目撃報告がないため、魔法を扱うことができる者にとっては多少休憩したところで大きな危険はない。

アルトは適当な場所に座り込み、ステータスウィンドウを開いた。

魔法回路　1
自動魔法 Lv9(99,915/100,000)
結界魔法 Lv10(14,111/100,000)
火炎魔法 Lv5(3,444/50,000)
水氷魔法 Lv7(7,444/70,000)
神聖魔法 Lv1(0/10,000)
暗黒魔法 Lv1(0/10,000)
物理魔法 Lv4(21/10,000)

強化魔法 Lv10(1,501/100,000)
鑑定魔法 Lv9(1,011/90,000)

この半年、オート・マジックで常時スキルを使いっぱなしにし、さらにクエストやモンスター討伐で着実に追加経験値を得るという二重の努力によって、いずれの魔法系統もかなりの経験値が貯まっていた。

「もう少しでがレベル10になるな……」

普通の魔法は10を超えると一段強い魔法が使えるようになったり、これまでにはなかった性能を発揮《はっき》できるようになる場合が多い。しかし、如何せんオート・マジックは過去に習得した者がいないので、スキルがどう進化を遂げていくのか誰にも予想がつかない。

水分を補給したアルトは腰を上げ、土を払う。

「……よし、せっかくだ。今日はレベルアップまで頑張ろう」

アルトは太陽が頭の真上を越えるまで毒ラビットの駆除をし続けた。

そうこうしているうちに、ようやく待ち望んだ声が聞こえてくる。

【オート・マジックがレベルアップしました】

「やっとレベル10になった……」

半年間、文字通り二四時間修行し続けた成果がようやく実ったことにアルトは一つ息をつく。

そしてオート・マジックのウィンドウを開く。

◇◇◇◇◇◇◇◇◇◇◇◇◇◇◇

＜マジックバフ修行用＞

for 1000

マジックバフ

next

※レベル１０に達したので、条件分岐《ぶんき》が可能になりました。

条件分岐を用いた条件起動は一度開始した後、＜中止＞を宣言するまで条件の判定を続けます。

構文は以下の通りです。

if 条件

スキル名

end if

◇◇◇◇◇◇◇◇◇◇◇◇◇◇◇

「条件、分岐……？　条件を設定すれば自動で判定してスキルを発動してくれるってことか？」

アルトはなんとなくでテキストを書いてみる。

◇◇◇◇◇◇◇◇◇◇◇◇◇◇

＜条件練習＞

if モンスターが現れたら

　ファイヤー・ボール

end if

◇◇◇◇◇◇◇◇◇◇◇◇◇◇

「例えば、こんなのどうだろう……？」

アルトは試しに「条件練習」と唱える。

しかし、これまでのように自動で〝ファイヤー・ボール〟が起動することはなかった。

「やはり条件を満たす必要がありそうだな」

アルトは新しい力を試すために、辺りを探索し始める。その直後、毒ラビットが視界に現れる。

すると、脳内に聴き慣れた声が響く。

【〝ファイヤー・ボール〟起動】

次の瞬間。

アルトは何も意識していないにも関わらず、自動で〝ファイヤー・ボール〟が発動し、毒ラビットへと飛んでいったのだ。

丸焦げになる毒ラビット。

「やっぱり、条件を満たしたときにスキルが発動するんだ」

アルトは、倒した毒ラビットから毒石を取り出そうとかがみ込む。

その時、アルトの想定していないタイミングで再びあの声が聞こえる。

【〝ファイヤー・ボール〟起動】

「ど、どこにいるんだ？」

アルトが周囲を確認するよりも早く、〝ファイヤー・ボール〟が飛んでいく。その行く先を見ると、確かに毒ラビットの耳が草むらから飛び出していた。

アルトはその便利さに驚く。事前に条件を設定してやれば、自分の意思や認知とは関係なくスキルを発動してくれる。しかも、スキルの射出対象が自動で選択されている。

今までは、命じた回数の通りにスキルを発動「し続ける」ことしかできなかった。なので経験値を貯める修行には良かったが、それが何かの役に立つということはあまりなかった。実際、冒険者パーティのポーターとして同行した際も、結局、探索魔法や強化魔法を撃ち続けるだけで、直接戦闘の役に立つようなことはできていなかった。

だが、条件設定ができるとなると話は別だ。

例えば、この場所で「毒ラビットが現れたら〝ファイヤー・ボール〟を撃つ」というテキストを起動しておけば、後は本を読んでいても、寝ていても良い。条件を満たす瞬間があれば、オート・マジックによって勝手にスキルが起動され、アルトの認知の有無に関わらず毒ラビットを狩り続けることができる。もう朝から晩まで目を凝らして毒ラビットを探し回る必要はないのだ。

まさにオート・マジックの名前にふさわしい能力だ。

「……条件起動で感知できる範囲なんかはもっと検証する必要がありそうだけど、もしかすると、毒ラビットを一気に倒せるかもしれないな」

アルトは昼食を済ませて毒ラビット狩りを再開するために場所を変えた。

毒ラビットが好む野菜を少し離れたところに置いてから、適当《てきとう》な場所に敷物《しきもの》を広げて寝転がる。

そして、条件起動の中止を宣言してからウィンドウの中身を書き換える。

◇◇◇◇◇◇◇◇◇◇◇◇

　＜条件練習＞
　if モンスターが現れたら
　　アイス・ニードル
　end if

◇◇◇◇◇◇◇◇◇◇◇◇

同じ場所で何度も〝ファイヤー・ボール〟で倒していては焦げた臭いが周囲に充満してしまう。

それでは警戒されてしまう可能性があったので、今回は水氷魔法にしていた。

「＜条件練習＞起動！」

アルトはタイトルを読み上げて起動する。

これで、後は毒ラビットが寄ってくるのを待つだけだった。昼食を食べた後で、ちょうど眠くなる頃合いである。そんなアルトを木漏れ日が優しく包み、まどろみに誘う。

いくら低級ダンジョンであると言っても、一人でいる場合に眠ることはあり得ない。意識がなければ結界を張ることも迎撃することもできないのだ。モンスターの攻撃を無条件で受け入れることになり、それはたとえ毒ラビットが相手であっても危険な行為だ。

しかし、アルトの場合は別である。条件起動の力によって、寝ている間でも自動でモンスターの出現を感知し、自動でスキルが発動される。

加えて、眠ることで毒ラビットの警戒《けいかい》レベルを下げる狙いもあった。

「さて、楽しみだな」

そうしてアルトは危険なはずの森の中でまぶたを閉じた。

結局アルトは一時間ほど眠っていた。

大きく伸びをして、どんなものかと周囲を確認すると――そこには想定以上の成果があった。

「おお!!　めちゃくちゃ倒してる!!」

寝ていただけなのに、辺りには一〇体ほどの毒ラビットが倒れていた。アルトは倒れた毒ラビットから、駆除の証《あかし》になる毒石を取り出して回る。

「これならきつい仕事の疲れを回復しながら、さらなる効率で経験値を貯めることができ――ん?」

アルトはそこで妙なものを見つける。

「これは……牙？」

毒ラビットのものではない。サイズが明らかに違っていた。

アルトの背中を冷や汗が伝う。

どう見ても中型モンスターの牙である。毒ラビットをエサとする例で言えばウルフ系モンスターなどが該当する。

このダンジョンでウルフが発見されたという報告は見たことがなかった。だが、広大なダンジョンのどこかに隠れて生息していたとしても不思議ではない。

問題は、アルトのレベルの〝アイス・ニードル〟では、ウルフ系モンスターを倒すことなど到底不可能だということだ。

だとすれば、可能性は二つ。襲われそうになった毒ラビットが反撃して追い返したか、もしくは〝アイス・ニードル〟がたまたま弱点である口内に命中し、そのモンスターがたまたま怯《おび》えて逃げ出したか。

「なんにしても、幸運だったということか。さすがにダンジョンで睡眠を取るのはまずかったな」

反省点があった一方で、毒ラビットの駆除という点では寝ながらでも十分な成果が挙がっていた。

「これなら色々な低級クエストができそうだな」

危険が伴う環境でなければ、今回のように寝ていたって問題ない。例えば魔石の仕分けのような作業ならいつだってできるだろう。

「そうだ……！　鑑定魔法を自動発動し続けて薬草を見つけたら知らせてくれるようにすれば、採集がめちゃくちゃ捗《はかど》るんじゃ？」

採集は雑用係の仕事だが、鑑定魔法を使っていちいちその結果を確認しながら進まないといけないので、結構手間がかかる仕事でもある。

今までのオート・マジックでは、鑑定魔法を自動で発動するのはいいが、結局鑑定結果を確認する手間があった。しかし、条件分岐を覚えた今なら、目的の薬草を発見した時だけ自動で知らせてくれるように記述することで無駄なく採集を進められる。

ついでに歩き回りながら、ラビットも倒していけるはずだ。

「よし……早速試してみよう!!」

それからアルトは夕暮れまで森の中を探索し続けた。

その結果。

「……まさかこんなに採れるなんて」

いつも通り毒ラビットを狩りながら、同時に有用な薬草も大量に採集できた。鑑定魔法を連打し、ヒットした時だけ知らせてくれるようになったことで、これまでとは比較にならないほどの高効率で採集を行うことができたのだ。

結果、持ってきた籠《かご》に入りきらないほどの薬草採集と、五〇体以上の毒ラビット討伐に成功した。

「経験値もおいしいけど、これなら報酬にも期待できそうだ」

普段の数倍は重い荷物であったが、アルトは軽い足取りで街へ戻った。

ギルドにはクエストの依頼を受けて自ギルドで解決するタイプもあるが、広く依頼を集めて他の冒険者やパーティに仕事を紹介するタイプのものもある。

普段アルトが所属しているギルドが前者、今回のように隙間時間に仕事を受注しているのが後者だ。

アルトは毒ラビット駆除クエストを受注したギルドへ成果を報告しに行く。

ギルドのエントランスは広々としていて、いくつかの受付、公募クエストの掲示板、冒険道具の販売所、パーティのミーティングスペースなどがある。

アルトは受付で受注番号を告げ、受注票と一緒にクエスト達成の証である毒石が入った袋を差し出す。

受付のお姉さんは袋の大きさを見てほんの僅かに眉《まゆ》を動かしたが、すぐにいつもの営業スマイルに戻る。

「ありがとうございます。それでは確認させていただいてよろしいでしょうか？」

「お願いします」

返事を聞いた受付のお姉さんは、袋の中身を広げていく。あまりの量に、何か別のものも混じっているのではないかと怪しんでいたお姉さんであったが、出てくるもの出てくるもの、全て間違いなく毒石であった。

「こ、こんなに……!?」

受付のお姉さんは目を見開いた。

「今まで換金《かんきん》せずに持っていたとか？」

「いえ、今日採りました。ちょうどスキルがレベルアップして効率的に駆除できるようになったので」

「しかし、それにしても……一日でこんなに駆除するなんて聞いたことがありません」

受付のお姉さんは相当に驚いた様子だったが、アルトの持ち帰った成果はそれだけではなかった。

「あと、サブクエストとして併記されていた薬草の採集もできたので、こちらの換金もお願いできますか？　ちょっと量があるんですが」

そう言って、アルトは背負っていた籠をドンとカウンターに置く。

「え!?　薬草も採集してきたんですか!?　今日!?」

「ええ、まぁ」

「って、あれ、確かに薬草も多いですが、これなんかは違いますね」

「ん？　そんなことは……」

アルトも自分の魔法回路を使用し鑑定魔法で確認するが、お姉さんの指摘通り薬草とは表示されなかった。だが、オート・マジックでは確かに反応していたのだ。

妙に思ったアルトは念のために条件分岐なしのオート・マジックで鑑定を試みる。for 文を抜き忘れていたため、同じ鑑定結果が大量に表示されるが――。

「俺の鑑定結果ではマレ草と出てますね」

「マレ草!?　ちょっと待ってください」

受付のお姉さんはそう言うと、鑑定魔法を何度も重複して掛ける。そして驚きの声を上げた。

「本当にマレ草じゃないですか！　高レベルに達した鑑定魔法なら別ですが、通常の鑑定魔法なら一〇回は掛けないと見つからないので……失礼ですが、アルトさんぐらいのレベルの冒険者が発見されることはまずありませんよ⁉」

「いやぁ、たまたまです……」

アルトはいちいちオート・マジックの全てを説明するのも一苦労だと思い、適当に言ってお茶を濁すことにした。

「たまたまって……」

お姉さんは終始驚いた表情のまま、時間をかけて大量の薬草を鑑定してくれた。

結果、アルトはギルドでの数日分の稼ぎをたった一日で得ることができた。お姉さんは周囲の様子を窺《うかが》ってから、アルトにこっそり耳打ちする。

「ギルドなんて辞《や》めちゃって、採集を本業にした方がいいのではないでしょうか？　この鑑定精度なら、採集・収集系の大手ギルドにも紹介できますよ」

お姉さんはそんなことを言ってくれる。

「はは。採集も結構楽しいのでアリかもしれないですね」

そう言いながら、「でも」とアルトは続ける。

「別の目指すものがあるので、嬉しいんですが遠慮しておきます」

◇◆◇◆◇◆◇◆◇◆

「おらお前ら、行くぞ！」

隊長のエラソーが、部下たちに命令する。

アルトはポーターとしてその後ろについていく。

オート・マジックの条件分岐機能で、効率的に採集クエストをこなせるようになったアルト。しかし、それでもギルドでのポーターを辞めることはなかった。

もちろん、それにはちゃんとした理由がある。

「∧連続強化∨起動」

小さな声でそうつぶやいてテキストを起動させる。

【処理を開始します。マジックバフを発動します――】

◇◇◇◇◇◇◇◇◇◇◇◇◇

∧連続強化∨
　for 1000
　　マジックバフ
　　フィジカルバフ
next

アルトが今起動しているテキストはこれである。パーティのメンバーに強化を加え続けるというものだ。

バフは一度掛けるとしばらく効果が継続する。そのため、アルトの低レベルなバフであっても、何度も重ね掛けすることによって効果が積み上がり、十分な効果が発揮されることになる。本来重ね掛けをするには複数の魔法回路が必要であるため、これはオート・マジックならではの技であった。

そして、この行為はアルトにとっても恩恵《おんけい》がある。なぜなら、強化魔法は自分に掛けるよりもクエスト中に仲間に掛けた方が、多くの経験値が手に入るのだ。

つまり経験値を稼ぐのにコスパがいいのである。経験値を大量に稼ぐ必要があるアルトにとって、この効率は無視できないものだった。

それにポーターとはいえパーティのメンバーとしてダンジョンを攻略していると、多少の追加経験値を得られるのも大きかった。

総じて言えるのは、一人でも経験値は稼げるが、パーティでクエストをこなす方が経験値は貯まりやすい、ということである。

だからこそ、アルトはどれだけメンバーから馬鹿にされようと、ポーターとしての仕事を続けているのである。

◇◇◇◇◇◇◇◇◇◇◇◇

「おい、進行方向にリザードマン！」

隊長はモンスターを見つけると、「〃ファイヤー・ランス〃」と詠唱しつつ、自ら勇《いさ》ましく斬り込んでいく。魔法と剣を併用した一般的な戦闘スタイルの一つである。

それに部下たちも続き、モンスターは悲鳴を上げながらあっという間に倒される。

隊長とはいえ、威張るほどの実力の持ち主ではなかったが、未だにちまちま毒ラビットを狩っているアルトに比べれば十分に高い戦闘能力を持っている。少なくともアルトのレベル一桁台のスキルとは比べ物にならない攻撃力だ。

「おら雑用！　グズグズしないでさっさと回収しろ！」

隊長が偉そうにアルトに命じる。

すると、隊長の腰巾着《こしぎんちゃく》であるドッグが追い打ちをかけてくる。

「お前みたいな無能を雇ってやってんだ！　ありがたく思えよ！」

発言の内容はひどいものであったが、怒っても何もいいことはない。それにこのレベルのダンジョンに潜れるのもパーティに同行できているからだ。

そう思えばこそ、アルトは黙って従うのだった。

一日のダンジョン攻略が終わり、一行はギルドの本部に帰ってくる。

「おし、解散」

隊長の一言で、メンバーの今日の業務は終了した。

しかしポーターであり、ギルド全般の雑用係であるアルトの仕事はこれからが本番と言っても過言ではなかった。

「これ、いつも通り明日までに仕分けしとけよ」

隊長が顎で示して命じる。

冒険者たちが拾ってきた様々なアイテムである。ギルド内の全パーティ分の拾得《しゅうとく》アイテムが一箇所にまとめられている。

この膨大な量のアイテムを種類ごとに仕分けて整理していくのもアルトの仕事だった。

ギルドに入った当初、鑑定は別の誰かがやってくれていた。しかし、最近はアルトが鑑定魔法をある程度使いこなせるとギルドに知られたことで、実績に結びつかない仕分け作業は全てアルトの担当になっていた。

しかもこのアイテム——とりわけモンスターから採れる魔石は、ただ鑑定しただけでは種類がわからないものが多い。一つ一つ丁寧に鑑定結果を確認しなければならず、仕分けはかなり骨の折れる仕事だった。

「じゃぁ今から飲みに行くか」

隊長はアルト以外の部下たちにそう言って、そのまま街へと繰り出していった。

以前のアルトなら隊長たちの態度に苛立《いらだ》ちを覚えることもあっただろう。

しかしオート・マジックがレベルアップした今なら、こういう雑用はさほど苦ではない。

「……さて」

アルトは誰もいなくなった倉庫の中心に腰を下ろす。オート・マジックのウィンドウを開くと、その場でテキストを書いていく。少し複雑な処理になるとテキストを書くのにも時間がかかる。それでも、いちいち全ての鑑定結果を確認していくより何十倍も効率的な仕分けが可能になる。

◇◇◇◇◇◇◇◇◇◇◇◇◇

＜仕分け＞
for each 鑑定対象 in 地面に並んでいるアイテム
　鑑定対象を鑑定
　if 鑑定結果が硬鉱石
　　ライズ（北側の台へ）
　else if 鑑定結果が魔解石
　　ライズ（東側の台へ）
　else if 鑑定結果が炎魔鉱石
　　ライズ（南側の台へ）
　else
　　ライズ（西側の台へ）
　end if
next

◇◇◇◇◇◇◇◇◇◇◇◇◇

for each はこの半年間で新たに習得した文法である。for 文の派生で、指定したものの数だけ繰り返すことができる。条件分岐が使えるようになったことで、指定したものの鑑定結果に応じて処理を分けられるようになったので、かなり便利な構文であった。

このテキストにより、よく収集される三種類のアイテムは北と東と南にそれぞれ自動で仕分けすることができる。西に集まったアイテムは数が少ないので個別に鑑定すれば良い。

「……これがないと、マジで丸一日かかるんだよな……」

そう独り言をいいながら、アルトは「<仕分け>起動」と唱える。

一つ目のアイテムに薄い光が灯り、少し待っていると東の方向に移動していった。どうやら今鑑定されたアイテムは魔解石だったようだ。

鑑定そのものにも時間がかかるのでしばらく待つ必要があるが、これまでと違って鑑定結果を確認して判断する作業もオート・マジックがやってくれるので、その間アルトのすべきことは何もない。後は脳内に響く女性の声が鳴り止《や》めば鑑定終了だ。

「さて……」

手持ち無沙汰《ぶさた》になったアルトは、時間がもったいないとばかりにリュックから本を取り出す。魔法理論の基礎が書かれた有名な書物だ。

騎士になるのがアルトの夢であり、リリィとの約束でもある。

そのためにはリリィの後を追って王立騎士学校に入学するのが一番の近道だ。学校ではスキルの扱い方や戦闘訓練なども行われるが、魔法に関する理論やモンスターを含めた生物学など、幅広い座学も行われている。

オート・マジックがあるとはいえ、魔法適性の低いアルトにとって知識は大きな武器になる。なので、こうして「自動修行」している間は座学に勤《いそ》しんでいるのだ。

仕事でスキルの経験値を稼ぎながら、その間に勉強もこなす。

これぞアルトの生み出したコスパ最高な訓練方法だった。

◇◆◇◆◇◆◇◆◇◆

二年半後。

相変わらずアルトは冒険者ギルドで雑用係をしながら、毎日スキルの修行に励《はげ》んでいた。

なるべく効率良く経験値を貯められる方法を模索し続け、さらに寸暇《すんか》を惜《お》しんで勉強も続けていた。魔法の基礎理論やダンジョン攻略の定石《じょうせき》などに関しては、このギルドの誰よりも勉強しているだろうという自信があった。

実際、その知識を活かし、パーティでクエストに出る時などは様々な提案もしてきた。

だが、冒険者の世界では実戦こそが重視される。大した攻撃魔法を使うこともできず、ノースキルのポーターとして同行しているアルトの言葉に、隊長を含めたギルドの実力者たちは一切耳を貸さなかった。それどころか、勝手なことをしたり、余計な口を挟んだりすれば罰を受けることすらあったのだ。

だから、アルトは弱めの攻撃魔法によって事前にダンジョンのトラップを潰《つぶ》したり、毒を使うモンスターとの戦闘時には毒耐性の強化魔法を掛けたり、なるべく目立たないようにパーティの支援を続けた。

そうしていつの間にか、所属しているパーティはどんどんランクを上げていき、気が付けばギルドのエースパーティにまで成長していた。エースパーティの活躍により、ギルド全体の規模も拡大し続けている。

だからと言って、ポーターであるアルトの待遇《たいぐう》はこれっぽっちも改善されない。それでも、アルトはギルドを辞めるつもりはなかった。

曲がりなりにも高ランクパーティに所属できていることで、高レベルなダンジョンに行く機会も増え、経験値的な恩恵を受けることができていたからだ。


「んじゃ、ちゃんと明日までに仕分けしとけよ、ノースキル」

冒険が終わった後、いつものようにエラソー隊長に倉庫の仕分けを命じられる。

いやみな言い方をされるが、この程度の暴言は日常茶飯事。これくらいの言葉ではアルトの心が波立つことはなく、ほとんど機械的にそれに応じる。

誰もいなくなった倉庫で、オート・マジックを発動する。

「＜倉庫整理＞起動」

かなり経験値が貯まってきたことでアルトのスキルの威力も、並とはいかないまでも、駆け出し冒険者くらいにはなっていた。

それ故、倉庫整理もかなりスムーズに進む。

ギルドの拡大に伴って、倉庫仕分けの作業量も日に日に増え続けていた。もはや、本来なら雑用十人掛かりで半日ほど必要な量だ。しかし、作業量の増加と共に魔法のレベルも少しずつ上がっているため、アルトはこれを一人でこなせていた。

あっという間にその日の仕分け業務を完了させたアルト。

この後はいつも通り攻撃系のスキルを中心にした修行を行う予定であったが、その時、不意に嬉しい知らせが届いた。

【オート・マジックがレベルアップしました】

「おぉ、ついにか!?」

待ちに待った瞬間だった。

とうとう、オート・マジックがレベル20に達したのだ。

長かった。毎日、二四時間スキルの発動を続けて、レベル10に達してから実に二年半。ようやくである。あまりの道のりの長さに、最近はステータスウィンドウで経験値を確認することすら少なくなっていた。

前回レベル10になった時は、〝条件分岐〟という強力な力が使えるようになった。

今回もそれに匹敵する、あるいはそれ以上の何かがあるはず――アルトは期待に胸を膨らませ、オート・マジックのウィンドウを開く。

◇◇◇◇◇◇◇◇◇◇◇◇◇◇◇

※レベル20に達したので、同時発動が可能になりました。

構文は以下の通りです。

multi（同時発動数）

スキル名

end multi

※同時発動数は16まで

◇◇◇◇◇◇◇◇◇◇◇◇◇◇◇

「――同時発動!?」

その文字にアルトは胸を躍らせる。

もちろん今までのオート・マジックも便利ではあった。

しかしアルトにとってどうしても不足に感じている点があった。それは、複数の魔法を「まったく同時」には発動できない、ということだった。世間で魔法回路の数が非常に重要視されていることとからもわかるように、スキルを同時発動できる数が一つ増えるだけで見える世界が変わる。

これはアルトにとっておそらく最も待ち望んでいた力だった。

「これで……攻撃魔法を重ね撃ちできるんじゃないか!?」

強化魔法などは同時発動できても意味が薄い。なぜなら、連続で強化を掛けても同時に強化を掛けても、上昇可能なステータスの上限は同じだからだ。

しかし攻撃魔法は違う。

〝ファイヤー・ボール〟を一六個同時に発動すれば威力は当然一六倍相当だ。もちろん、バラけさせた状態で同時発動させ、多方面から逃げ場のない攻撃を放つことも可能だろう。

この一六もの同時発動の力を自在に操れれば、騎士になる夢に一歩近づけることは明白であった。

「早速試してみよう！」

アルトはすぐにテストを開始しようと歩き始める。向かう先は、最近ギルドの裏庭に作られた修行場であった。

好都合なことに、このギルドには定時後まで修行をするような真面目な冒険者はいない。アルトが修行場に着いたとき、そこはやはり無人であった。

アルトは慣れた手つきで修行場の鍵を開けて入っていく。本来雑用係は立ち入ることすら許されていないのだが、修行場の掃除と片付けを全て担当するという条件で、誰も利用していない時間帯に限り利用して良いという許可をとりつけていたのだ。

◇◇◇◇◇◇◇◇◇◇◇◇◇◇
＜同時発動＞
multi(16)
ファイヤー・ボール
end multi
◇◇◇◇◇◇◇◇◇◇◇◇◇◇

とりあえず使える最大の回数を重ねてみる。

そして、アルトの立つ位置から離れたところに設置されている訓練用の模型に狙いを定め、手をかざす。一六個のスキルを全て一つにまとめて発動してみる。

「いくぞ……＜同時発動＞起動！」

すると――、

グォォォォッ!!

「おおおお!!」

出てきたのは、ボールと聞いて想像するような大きさではない、特大級の炎の塊だった。人間を包み込むには十分な火力だ。

「す、すげぇ!!」

あまりの火力に思わずアルトは叫んでしまう。

今までは、攻撃系のスキルを使ったところで、駆け出し冒険者程度の力しか出せなかった。
それが同時発動によって威力を一六倍にすることで、並の冒険者も目じゃないくらいの力が出せたのだ。

「強化魔法なしでこれだったら、強化魔法を掛けたらもっといくんじゃ……⁉」

アルトは、善は急げとばかりに、〝マジックバフ〟を何重にも自分に掛けていく。三年間の修行の成果で、強化魔法も実用に耐えうる程度にまでレベルアップしていたのだ。

しかも二四時間スキルを使い続けた結果、魔力量だけは自分の中での小さな誇りに思えるぐらいに成長していた。それだけの魔力量を持つ今のアルトにとって、自分一人のステータスアップなど造作《ぞうさ》もないことであった。

十分な回数の〝マジックバフ〟を掛け終えたアルトは、もう一度〝同時発動〟を試す。
今度の標的は、この訓練場で最も大きい模型で、動物で言えば象ほどのサイズがある。対上級モンスターの集団戦訓練に使われているものだ。

「……よし、〈同時発動〉起動！」

アルトが再び〝ファイヤー・ボール〟を出すと——、

ゴォォォォォォッ!!!!!!!!!!

今度はその大きな模型をのみ込めるほどの炎が噴き出した。もはやボールとは似ても似つかない。
まるで上位スキル〝ドラゴン・ブレス〟のような威力だった。あまりのことに、発動したアルト自身も驚き、そして慌てて周囲を確認する。アルトがちょっとしたことをするだけですぐに問題に

されてしまうのだ。これで修行場を出入り禁止にされたらたまったものではない。

だが、アルトの心配は現実のものにならず、誰も確認に来る様子はなかった。

この時ばかりは、雑用係を置いて定時に帰宅してくれるギルドのメンバーに感謝した。

「それにしても……すごい力だ……」

アルトは〃同時発動〃の力に歓喜《かんき》する。

「これなら、ポーターじゃない、ちゃんとした冒険者をやれるぞ！」

それどころか王立騎士学校にだって入れるかもしれない。

三年も孤独に続けた努力の結果だけあって喜びもひとしおであった。


ことが起きたのはその翌日である。

昼過ぎ頃にエラソー隊長からの緊急招集が掛かり、パーティのメンバーが集められた。

「皆、よく集まってくれた。感謝する」

これまでの緊急招集の場合、そのほとんどが緊急クエストへの出動要請であった。そんな時のエラソー隊長は往々にして機嫌が悪く、場の空気がピリつくのがいつもの流れであった。が、この日は様子が違っていた。

エラソー隊長がニコニコしているのだ。見るからに上機嫌であった。

だいたいにして、エラソー隊長が目下の者に感謝の言葉を口にするなど、約三年間のギルド生活の中でアルトは初めて見た。

エラソー隊長の雰囲気を敏感に察知した、腰巾着のドッグはハキハキと尋ねる。

「隊長殿こそお勤めご苦労様です！　本日の緊急招集は何をされるのでしょうか！」

「ククククク……。ドッグよ、よくぞ聞いてくれた」

エラソー隊長は楽しくて仕方がないといった様子だ。

「今朝、ギルマスから直々に呼び出しを受けてな。そこでお話を頂戴《ちょうだい》したわけだ。我らがギルドはほんの三年前からどんどん手柄を挙げ、かつてないほど順調に規模を拡大している。そんな時、ギルドはどうすべきだ？　ん？　ノースキル、答えてみろ」

突然話を振られたアルトは、ギルド運営に関する本の内容を思い出す。

「えっと……報酬などでメンバーの士気を保ちながら、優秀なメンバーをさらに加入させることでしょうか？」

「そんな楽観的な考えだからお前はいつまで経ってもポーターなのだ！」

口調は叱咤《しった》するようであったが、表情は嬉々《きき》としていた。大方、エラソーの予想していた通りの答えだったのだろう。

「では……」

「ギルマス殿はこうお考えだ。今こそ気を引き締めるべき時だ、と。規模が大きくなればなるほど無能な奴《やつ》が紛れ込んでしまう。しかしそのような無能はこのギルドでは生き残れない、それをギルド内に周知させたいそうだ」

エラソー隊長はそこで言葉を区切る。ここからが本題だと言わんばかりに間を溜めてから再び口を開く。

「そこでリストラを実施することになった！　隊長権限で各隊から一人ずつ選出し、無条件でリストラする！」

リストラという言葉を聞いて隊員の表情が引き攣《つ》る。

だが、唯一、ドッグだけがエラソーの言いたいことを理解したようで、急にニヤニヤし始める。

「なるほど、素晴らしいお考えですねぇ！　して対象は誰でしょう⁉」

エラソー隊長はアルトに歩み寄ると、肩をポンと叩いた。

「アルト。お前は今日でクビだ」

エラソー隊長の言葉に、ドッグを除いた全ての隊員が息をのんだ。アルトも例外ではない。

「……っ！　く、クビですか？」

アルトは困惑して聞き返す。

「無能をリストラせよ、それがギルドマスターからのお達しだ。ノースキルの分際《ぶんざい》で、我がSランクパーティに在籍し続けられると思っていたのか？」

「……確かに俺はノースキルですが、最近は魔法のレベルも上がってきて――」

「どの口が言うか！　お前など所詮《しょせん》どのスキルも駆け出しレベルだろ！　三年間も冒険者として働いて、ようやくたどり着いたのが駆け出しレベル。所詮はノースキルということだ」

確かにアルトの魔法のレベルは一般的な冒険者に比べると成長が遅く、下級レベルのままだった。駆け出しレベルというのは事実だったので、アルトは特に言い返すこともできなかった。

「アルト、お前さっき自分で言っていたよな？　ギルドを成長させるには士気を保つ必要がある、と」

「……」

「お前みたいな無能がいると全体の士気が下がるのだ。今すぐ出ていけ！」

「……ッ!!」

一方的にクビを言い渡される。アルトが何かを言い返す余地はなかった。

これまで懸命に頑張ってきた報いがこれか、という怒りはアルトにもあった。

しかし、今更この決定を覆せるとも思えなかった。そうわかっていたから、アルトは黙ってその場を後にするしかなかった。

「皆も肝《きも》に銘《めい》じろよ！　無能は我がパーティには要らないのだ！」

――と、アルトが立ち去った後。

「た、隊長」

おずおずと下級隊員の一人が歩み寄ってきた。

「どうした」

「アルトさんは他のパーティの雑用もこなしていましたし、皆をバフで支援もしていました。本当に辞めさせて良いのですか？」

しかし、部下の言葉を隊長は一蹴《いっしゅう》する。

「何をバカなことを。雑用など誰でもできるわ。わざわざノースキルを雇っておく必要などない！

それに、もっと優秀な魔法適性を持つ人間を雇えば、バフももっと強くなるはずだ！　それとも、あのノースキルごときが、我がSランクパーティに必要だとでも言うのか⁉」

隊長の大声に部下は萎縮《いしゅく》する。

「……そ、それは失礼しました……」

「いいかお前たち！　弱い者はこのギルドにいられない！　もう一度、肝に銘じろ‼」

◇◆◇◆◇◆◇◆◇◆

——突然、ギルドを追い出されてしまったアルト。

最初、あまりに突然のことに気持ちの整理がつかなかった。実家を追い出された時の絶望を思い出してしまい、呆然としながらいつもの宿に戻った。

とにかく今はさっぱりしたい気持ちだった。

アルトは共同の入浴施設で水を浴びた。

そこで、胸につけっぱなしになっていたペンダントが指に引っかかった。

自然とアルトの心にはリリィの言葉が思い浮かんでいた。

『わたしからのプレゼント。わたしとの約束を忘れないための』

あの時に水滴を散らしていた噴水の光景が、今目の前で飛び散る水と重なった。

（そうだ。俺は騎士になるんだ。落ち込んでいるこの時間は、本当に必要な時間なのか？　呑気《のんき》に水浴びなんかして物思いに耽《ふけ》っている場合なのか？）

アルトはペンダントを一度強く握ってから、両手で自らの頬をピシャリと叩《たた》いた。

「待てよ。昨日手に入れた同時発動のおかげで強力な攻撃魔法も使えるようになったんだ。もう普通にソロで冒険者になればいいんじゃないか？」

これまでアルトが雑用係としてクエストに参加していたのは、正規の冒険者として働けるほどの攻撃魔法を持っていなかったからだった。しかしつい昨日覚醒したオート・マジックの〝同時発動〟によって高火力な攻撃方法を手に入れた今、何も雑用係としての生活に固執《こしつ》する理由はないのだ。

「よし！　クエストを受注しよう！」

まだ日が高いことを確認したアルトはすぐに風呂を上がった。

冒険者には、ギルドのパーティに所属してダンジョンの攻略をする以外にも、ソロや他のパーティの補佐として活動するフリーランスという道も存在している。

いくら最近急成長中のギルドのSランクパーティに所属していたからといっても、ポーターでは実績のうちに入らない。ポーター経験しかない人間をいきなり仲間として受け入れてくれるパーティを見つけるのは難しい。ダンジョン攻略より時間がかかってもおかしくない。そんな事情から、まずはソロで始めてみよう、とアルトは考える。

アルトは早速ダンジョン攻略に向けての準備を開始した。

「しばらく仲間を補佐するテキストは要らないか……」

スロットに入れていたパーティサポート系のスキルを全て保管領域に移動し、逆に、自分だけを強化する仕様のテキストをセットしていく。加えて、攻撃魔法の同時発動テキストも用意すれば、攻守ともに準備万端だ。

気付けば、ギルドをクビになったことに対しての憂鬱感《ゆううつかん》などは一切なくなっていた。それどころか、今のアルトはとても晴れやかな気持ちだった。

アルトは早速クエスト紹介ギルドに出向いた。これまでも毒ラビットの討伐クエストなどでよくお世話になっていたギルドである。

受付のお姉さんとはもう顔馴染みだ。

「アルトさん、今日はどのようなご用件でしょう？」

「あの、Eランクの討伐の仕事を紹介いただけないですか？」

それまでアルトは最低レベルのFランクの仕事を中心に受注していた。Fランクはスキルなしでも倒せるようなモンスターの〝駆除〟の任務が中心だ。

ずっとFランクの仕事を受注していたことにより、紹介ギルドでのアルトのライセンスは最低レベルのFランクのままである。〝同時発動〟の習得によって本当ならもう少し上のランクを試したいところではあったが、このギルドのルール上、Fランクライセンスの冒険者はEランククエストまでしか受注できない。

「アルトさん、今回はEランクに挑戦されるんですね！」

成長を感じたお姉さんは嬉しそうな笑顔を見せると、クエスト依頼書を探していく。

「えっと、ちょうど今あまりEランクのクエストがなくて……あ、でもこれなら良さそうですね」

そう言ってお姉さんは、一枚の紙をアルトに渡してくれる。

「最近街のはずれに出現した〝黒の地下ラビリンス〟のモンスター討伐とマップ拡張のクエストで、クエスト難度はE～Bになっています。ダンジョン自体はBランクなのですが、事前調査によれば階層ごとに出現するモンスターのランクが定まっているそうで、第一階層にはEランクモンスターしか現れません。さらに地下の階層に潜っていくとモンスターのレベルがD、C、Bと上がっていきますから注意してくださいね」

「ありがとうございます」

アルトは内心でガッツポーズした。

せっかく初めての本格的ソロクエストである。今の自分の力が冒険者としてどこまで通用するのか試しておきたかったのだ。

Sランクパーティの一員としての一応の経験からすると、〝同時発動〟があれば、Eランクどころではなく Dランクのモンスターでも倒せるだろうと踏んでいた。さらに上位のランクまで階層ごとに分かれているのなら、力試しには好都合だった。状況に応じて進退を決めていけばいい。

お姉さんは、受注番号などが書かれた受注票、現状のマップ、ドロップアイテムを入れる袋などを手渡してくれる。

「では、気を付けてくださいい!」

「はい、行ってきます」

アルトは今一度自分の装備とテキストの内容を確認してからクエストに向かった。

紹介された〝黒の地下ラビリンス〟はその名前の通り迷宮型ダンジョンだ。最近出現したダンジョンであるため、マップが未完成であり、モンスターの数も多い。ダンジョンボス討伐に訪れる高ランクパーティがダンジョン前半で消耗《しょうもう》しないようにするには低ランク部分の攻略を進めておく必要がある。おかげでアルトのような低ランク冒険者でも受注ができる仕組みになっていた。

受付で聞いた話では第一階層にはEランクのモンスターが出現する。Eランクは、一般的には初級冒険者向けと言われているが、アルトはそのレベルのモンスターとまともに戦った経験がない。

「ここか」

街の外れに広がるごく普通の林の中に、突如として地下に続く階段が現れた。少し風を感じるのは、外の空気がダンジョンの中にゆっくり流れ込んでいるのが原因のようだ。

ダンジョンに足を踏み入れつつ、アルトは自身に強化魔法を掛けた。

〝同時発動〟によって一気に一六回分の強化が入る。一回の強化魔法によるステータスの上昇幅は駆け出し冒険者レベルであるが、それが一六倍にもなるとかなりの強化を得ることができる。

本当はもっと重ね掛けしておきたい気持ちもあったが、パーティにいる時と違って、攻撃魔法にも魔力を使う必要があるので、ひとまず力は温存しておく。

ダンジョンの中は、〝黒の地下ラビリンス〟という名前にふさわしく、光沢のある黒い道があちらこちらに延びていた。どの道も一〇人以上が横に並んで歩けるほどの広さがあり、パーティでの攻略もしやすそうだな、とアルトは思った。

地下や洞窟《どうくつ》でのクエスト用の特別なランプアイテムをオンにして進んでいく。

ソロでのEランクダンジョンは初めてであったが、アルトは軽快に進んでいた。

迷宮型のダンジョンには罠がたくさん仕掛けられているのだが、これはオート・マジックの条件分岐の機能で常に探知しており、近づくとアラートで教えてくれるので全く恐れることはない。

入り口から少し進んだところで、早速モンスターと遭遇《そうぐう》した。

ゴツゴツとした緑掛かった肌に禿頭《とくとう》と乱暴な目つき。背丈はアルトより少し小さいぐらいであり、その手には棍棒《こんぼう》を持っている。

ゴブリンだ。

ゴブリンはごく一般的なEランクモンスターで、初心者がまず練習相手にするような敵である。

しかし、そんなモンスターであってもこれまでのアルトでは太刀打《たちう》ちできず、今まで相手にしたことはなかった。

つまり、これが初対戦である。

ゴブリンが唸《うな》り声を上げながらこちらに近づいてくる。警戒している証拠だ。

「恨みはないけど……」

アルトは手をかざす。

「――〈ファイヤー・ボール16〉起動!」

早速、同時発動により一六発同時に〝ファイヤー・ボール〟を繰り出す。

上位スキルと見紛《みまが》うほどの業火《ごうか》がゴブリンに勢いよく飛んでいく。

次の瞬間、爆発音がしてダンジョンの地面ごとゴブリンが吹き飛んだ。

「あっ、さすがにやりすぎたか……」

アルトの目の前には大穴ができてしまっていた。モンスターを倒せたのは良かったが、後続の冒険者たちの迷惑になってしまってはいけない。

「初めてのEランクモンスターだから手加減するべきじゃないと思ったけど、ちょっとオーバーキルだったな……」

次のモンスターが現れる前に、アルトは急いでオート・マジックのウィンドウに新たなテキストを追加する。同時発動の数を四つのものと、八つのものを用意しておいた。

使用者であるアルト自身も、同時発動の力に目覚めてから丸一日も経っていないため、まだ威力の調整や軌道《きどう》の制御に不慣れな部分が大きい。

だが、今の一撃で、Eランクなら余裕で倒せるということがわかったので、アルトは気を取り直してダンジョンの攻略を再開した。

その後も何度かEランクモンスターに出会《でくわ》したが、全く危なげなく倒しきった。さらに、常時発動している罠探知によって余計な時間も食わないで済んだため、攻略目安時間よりも大幅に早く進むことができていた。

そして、ついに二つ目の階段を発見する。

「……ここを降りれば、第二階層か……」

ギルドの受付で、第二階層からはDランクモンスターが出ると聞いていた。今のアルトの各魔法系統の「レベル」を考えると、一般的には危険である。

（こんなところで足踏みしていたら、いつDランクのダンジョンに入れるようになるかわからない。Eランクモンスターがこれだけ楽に倒せたのだから、Dランクモンスターだっておそらく問題ないはずだし、それに、ランクが上がるだけで経験値の取得効率もだいぶ変わるからな……）

アルトは一瞬のうちにそんなことを考えてから、思い切って第二階層へと突入していった。


「……だ、第三階層まで来てしまった……」

第二階層に現れるDランクのモンスターも、アルトの〝同時発動〟を駆使した高火力スキルを前にことごとく瞬殺《しゅんさつ》されていった。全て一撃で方がついていたため、体感では第一階層も第二階層もほとんど難易度の差は感じられなかった。

しかし、今足を踏み入れているのはCランクのモンスターが現れるエリアだ。Cランクといえば、もはや初級冒険者では相手にならないレベルである。

アルトが所属していたパーティでも、大量のCランクを相手に苦戦を強《し》いられる場面があった。

「……ここからはさすがに用心する必要がありそうだな」

そう言うと同時、アルトは背後の空気の流れが変わったのを感じた。とっさに身をかがめながら、前に転がる。

ブン、という重たい音がアルトの鼓膜《こまく》を揺らす。

見れば、そこにはCランクモンスター、エリートゴブリンが立っていた。

モンスター自体の見た目は、通常のゴブリンと比べても、サイズが一回り大きい他はさほど変わらない。ただ、持っているエモノのサイズが全く異なる。さらに、エリートゴブリンは今のように奇襲《きしゅう》を仕掛けたり、攻撃を仕掛けながら罠に誘導したりと、狡猾《こうかつ》な戦術を得意とする。

「現れたな、Cランク！」

先ほどまでのモンスターとは異なる空気感に、アルトはすぐさまオート・マジックを起動する。

最初の一撃を除いて、ここまで四つ分の〝同時発動〟で乗り越えてきた。しかし、相手はCランク。アルトは八つ分のスキルを同時に発動するテキストを口にする。

「〈ファイヤー・ボール8〉起動！」

特大の火球が放たれる。突然生じたあまりの輝きに、エリートゴブリンは視界を奪われたようで、避《よ》ける動作すらままならない。

「……あれ？」

気付けば、Cランクのはずのエリートゴブリンすら一撃であった。しかも、まだ限界出力ではない。

「ま、まじか……」

つい数日前であれば、アルトがCランクモンスターを倒すことなどリアリティに欠けた夢物語であった。だが、それは現実になった。今のアルトなら、たったの一撃でいいのだ。

アルトはゴブリンから魔石を取り出す。

「冷静に考えてみると、確かに低レベルとはいえ一六重のバフが掛かった〝ファイヤー・ボール〟がさらに八倍の威力になってるんだもんな……当然すごい破壊力になるよな……」

ダンジョンを次々攻略できていることで、アルトはだんだんと自信をつけていた。

「これなら、もしかして第四階層のBランクモンスターも……というか、ボスとかも倒せちゃうかも？」

どうやらCランクも楽勝だとわかったアルトは、そのままどんどんダンジョンを進んでいくことにした。

その後に出現したCランクモンスターも、全て一撃で屠《ほふ》っていく。

そして、地図通りであればそろそろ第四階層への入り口が見えてくるだろうという頃——。

「——こ、後退！」

ダンジョンのどこか遠くから、そんな声が聞こえたような気がした。それは奇《く》しくも、今日アルトにクビを宣告した人間の声とよく似ていた。

「なんか今、エラソー隊長の声がしたような……？」

しばらく耳を澄《す》ませたが、それらしい声が聞こえてくることはなかった。

「ん、気のせいかな」

アルトは気を取り直して、第四階層を目指すのであった。

◇◆◇◆◇◆◇◆◇◆

アルトをクビにしたエラソー隊長は、集まっていた隊員たちをぐるりと見回した。

「お前たち。これでわかっただろう。無能は我がパーティには要らない！　気を引き締めていけ！」

「はい、隊長！」

部下たちは内心穏やかではない。失態《しったい》を演じれば次は自分が解雇《かいこ》されてしまうかもしれない。そんな恐れを感じながらも、表面上は勇ましい表情を作って返事をする。

「あの、隊長。アルトのやっていた仕事は誰が？」

「安心しろ。ノースキルの代わりになるポーターは午前のうちに手配済みだ。あの無能とは違い、まともな冒険者だ」

隊長が新規メンバーのポーターを連れてくる。アルトよりは強そうな見た目をした、ガタイのいい男だった。

「無能がいなくなり有能が加入した景気付《けいきづ》けに、突然だが、これからクエストに向かおうと考えている」

隊長はあらかじめクエスト紹介ギルドから案件を受注していたようだ。それは〝黒の地下ラビリンス〟のボス討伐であった。

準備を終えた一行はギルドを出て、ダンジョンに踏み込んだ。エラソー隊長を筆頭に先へ進んでいく。

第一階層、第二階層は順調に突破していく。

そして第三階層。

現れたのは、Cランクのリザードマン。いつものエラソーパーティであれば歯牙《しが》にも掛けないレベルのモンスターである。

しかし。

「お前たち行け！」

その命令通り、前衛《ぜんえい》を務める魔法剣士がリザードマンに勢いよく斬りかかっていく。

「何⁉」

その一撃はいとも簡単にリザードマンによって受け止められてしまう。

この三年間というもの、隊員の攻撃がこんなCランクレベルのモンスターたった一体にまともに受け止められたことなどなかった。

「クソ！」

さらに立て続けに攻撃を繰り出すが、リザードマンの防御に全く歯が立たない。

「おい、どうした情けないぞ！　お前もクビになりたいのか⁉」

そう部下を恫喝《どうかつ》するエラソー。

しかし、ダメージが入る気配は一向にない。

「す、すみません！」

「役立たずが。もういい。俺がやる！」

今度はエラソー自らリザードマンに向かっていく。渾身《こんしん》の一撃。その攻撃は見事にリザードマンの胴体にヒットする。

しかし、

「削《けず》りきれないだと⁉」

いつもならたった一振りで完封《かんぷう》勝ちなのに、今回は相手の鎧《よろい》を斬ることさえできなかった。

「グァァ！」

リザードマンが咆哮《ほうこう》し、その手に持っていた刃こぼれだらけの刀を力任せに薙《な》ぐ。さすがの反応速度で、エラソー隊長はバックステップを取ろうとする。しかし、足が思っていたように動かない。

「うっ‼」

避けきれなかった刃が直撃し、体を守っていた結界魔法が消し飛んだ。あまりの勢いに弾《はじ》き飛ばされたことが不幸中の幸《さいわ》い、リザードマンの追撃は受けずに済んだ。

「おい後衛！　なんとかしろ‼」

とっさに後衛に命じる隊長。

隊長がCランクに吹き飛ばされるという、あり得ない光景を目の当たりにして呆《ほう》けていた後衛たちであったが、隊長の命令で我に返る。

詠唱の声が重なる。

「〝ファイヤー・ボール〟！」

容赦《ようしゃ》なく浴びせられるスキルの連打。

リザードマン程度にこれはやりすぎではないか、そう思う隊員もいた。それも当然のことで、いつもなら一対一でも簡単に倒せる相手である。薄くなっていく煙の中、リザードマンはなす術《すべ》もなく倒れている――はずだった。

「全然効いてないぞ!!」

「おかしいな！　いつも通りやってるのに！」

「仕方がない。より上位のスキルで焼き尽くせ！」

「はいッ！　〝ファイヤー・ランス〟！」

後衛たちは持っている最高レベルのスキルを放っていく。

リザードマンもこれには耐えられなかったようで、大きな叫びを上げて動かなくなった。

なんとかリザードマンを倒した一行。皆心のどこかで、今しがた起きた事態を疑問に感じていた。

しかし、SランクパーティがCランクに手こずるなどあり得ないことであり、誰も疑問を口には出さなかった。

唯一エラソー隊長はなんとか理由をつけて、自分を納得させていた。

「……Cランクのリザードマンに俺たちが勝てないなんてあり得ない。もしかしたらこの階層を統《とう》括《かつ》するような、相当高レベルな個体だったのかもしれない」

エラソーは斬られた場所を撫でながらつぶやいた。

――これまで楽に倒せていたのが、まさか無能と追放したアルトによって重ね掛けされていた強化魔法のおかげだったなどとは誰一人として思い至らなかった。

それから間もなく、今度はエラソーの足元でカチッという音がした。

「今度はなんだ!?」

見ると、そこには罠のスイッチがあった。エラソーは舌打《したう》ちをする。

迷宮に警報が鳴り響き、紫色の煙のようなものが立ち込め始める。

「なんだ毒煙か。そんな小細工でどうにかなるSランクパーティではないわ！」

確かに、隊長が言う通りパーティには毒耐性が付与されていた。

――つい先日までは。

「たたた、隊長！　ど、毒が！」

「何!?」

一行を突然襲った苦しみ。皆思わず膝をつく。

大慌てでメンバーの一人が強風を発するスキルを使い毒煙を吹き飛ばす。続けて新たに加入したポーターがすぐに解毒スキルを掛けて回った。

「ば、馬鹿なっ！」

「おい新入り！　なんで罠があるのに知らせなかった！」

隊長はアルトの代わりに入ったポーターをしかりつけた。

「なんでって……そりゃ探索はしてるけど、全部見つけるなんてできるわけねぇだろうが！　ずっと探索を掛けまくって、その結果をステータス画面で確認しながら歩けってか？」

「そんなに難しくないはずだ。あの〝ノースキル〟のアルトでさえやっていたことだぞ!?」

それに対して新入りが激しく反応する。

「な、なんだと!? この俺がノースキル以下だって言いたいのか!?」

「やるべきこともやらずに何を言うか! 今のところは間違いなくノースキル以下の働きだ!」

さらに、隊長の怒りの矛先《ほこさき》は他のメンバーにも向く。

「それに、なんで我々が毒にやられたんだ。対毒強化を誰か掛けているんじゃなかったのか!?」

自分の責任にされてはたまったものではないと、メンバーたちは互いに顔を見合わせる。

「お前の役割じゃなったか?」

「いや、俺はちげぇ。お前じゃねぇのか?」

「ちげぇよ。そんなチマチマとしたことやるわけねぇだろ」

「じゃぁ今まで誰がやってたんだよ?」

と一行は少し悩んだ挙句《あげく》、一つの結論にたどり着く。

「……まさか、あのノースキルのアルトじゃねぇよな?」

一瞬辺りが静まり返る。

「そんなわけあるか! バカも休み休み言え!」

隊長が怒鳴りつける。

「……もういい。とにかく、行くぞ!」

こうしてようやく第四階層に突入していくエラソーとその一行であったが、しかし消耗は激しかった。自分たちのスキルでは回復しきれなくなり、予備で持っていたポーションもほとんど使い果たしてしまっていた。

「た、隊長。そろそろまずいのでは……」

部下の一人がエラソーにそう進言する。

確かに、今までの階層でこれだけ苦戦しているのに、階層を進んだことでここからはさらに強い

敵が現れるはず。どう考えても勝ち目がない。

だが。

「馬鹿言え！　このエラソーパーティが、Cランクの敵しか倒せずに逃げ帰ったなんて知れたら、

評判は地に落ちる！　なんとしてもボスを倒すんだ！」

隊長にそう恫喝されては、部下にはもうどうしようもなかった。

エラソー隊長を最後尾にしてパーティは先に進んでいく。

「た、隊長！　リザードマン・ロードです！　三体もいますよ！」

Bランクレベルのモンスターが現れる。先ほどまで戦っていたリザードマンの強化版である。し

かも三体。レベルが上がり知能も上がっているため、連携攻撃も仕掛けてくる。

当然、リザードマンに苦戦しているような冒険者が倒せる相手ではないのだが──。

「お前たち、ひるむな！　攻撃しろ‼」

隊長は、自らは動かず部下たちに命じる。

部下たちは、残り少ない魔力で、自分たちが持っている最強レベルの攻撃を放つ。

「『ファイヤー・ランス』‼」

「『アイス・トルネード』‼」

しかし、それらの攻撃は、Bランクモンスターの防御を貫くことができなかった。

攻撃を受け、怒りを宿した赤い目が光る。

リザードマンは、パーティの前衛に次々襲い掛かってくる。

「う、うわぁあ!!」

前衛がなんとか防御しようとするが、圧倒的攻撃力によってあっという間に結界を削り取られる。

死の危険を感じた前衛はモンスターとは逆の方向に走り出す。敵前逃亡である。

「お、お前、戻れ！　何をやっている!!」

隊長が怒り叫ぶが、時既に遅し。

前衛が逃げ出したことでパーティの陣形《じんけい》は完全に崩れる。後衛たちも大慌てで後退し始める。

もはや誰もエラソー隊長の命令を聞く者はいなかった。

一人逃げ遅れる格好となったエラソー隊長。リザードマン・ロードの視線がエラソーを射抜く。

「うッ……こ、後退！」

見栄《みえ》でそう〝命令〟を出してから逃げ出す隊長。

既に全ての部下が逃げ出しているにも関わらず大声で発した隊長の命令は、ダンジョンの壁に虚《むな》しく反響した。

◇◆◇◆◇◆◇◆◇◆

「失敗したんじゃない!!　わけあって時間内に終わらなかっただけだ!!」

「しかし、あのダンジョンはBランクですし、あまり規模も大きくありませんので、そんなはずは……」

「き、貴様！　俺たちが弱いとでも言いたいのか!?」

アルトがクエスト紹介ギルドに戻ると、中に入る前から口論をするような声が聞こえてきた。聞き覚えのある声に嫌な予感が胸をよぎるが、クエストの結果を報告しないわけにもいかない。

仕方なしに扉を開けると、やはり、想像した通りの人物がそこにいた。

「いいか？　このエラソーの名の下、明日必ず攻略する。であるから、他のパーティになど――ん？」

受付のお姉さんの視線に気付き、エラソー隊長が振り返る。

「あいつは――」

「あら、アルトさん！　お疲れ様です。こちらにどうぞ」

エラソーの相手に疲れていたお姉さんは、半ば強引にアルトを受付に呼び込んだ。エラソー隊長のパーティはまだ明日も攻略を続けると言っているので、これ以上の対応は明日で問題ないのだ。

歩いてくるアルトを見たエラソーは口の端を歪《ゆが》める。

「なんだなんだ、無能野郎じゃないか。ノースキルのくせに、いっちょ前にクエストを受けていたのか？」

「ええ、まぁ」

なるべく関わり合いになりたくないと思ったアルトは、エラソー隊長の言葉を適当に聞き流し、書類を受付に提出する。

その様子を強がりと受け取ったエラソー隊長はニヤニヤしながら、書類を覗き込む。

「ほう、お前も〝黒の地下ラビリンス〟での仕事をとっていたのか。それにしても第一階層のEランクモンスター討伐とは、お前にお似合いだな」

するとお姉さんの鋭い眼差《まなざ》しがエラソー隊長を突き刺す。

それに気付いた隊長はわざと少し考えるフリをして、大袈裟な身振りを交えて言葉を訂正する。

「いやいや、これは失礼したな、アルトくん。攻略は大丈夫だったか？　Eランクとは、君には少し荷が重すぎたんじゃないか？」

エラソー隊長はわざとらしく皮肉を言って笑った。

これ以上隊長に付き合うのは無駄だと感じたお姉さんは、アルトに向き直る。

「それで、魔物、倒せました？」

「ええ、倒せたんですが……ただあのすみません、実は……」

「実は……？」

アルトは少し言いにくそうに口を開く。

「その、第一階層だけではなくて、ボスまで倒しちゃいました」

「──へ？」

アルトの報告を聞いて、お姉さんとエラソー隊長は二人とも呆気《あっけ》に取られる。

「ぼ、ボスって、え、第四階層にいるBランクのボスですか？」

受付のお姉さんがそう問い返してくる。

「はい……」

アルトは、リュックから魔石を取り出す。

お姉さんは両手で受け取りそれを鑑定する。

「確かに、Bランクボス、ミノタウロスの魔石です……ではアルトさんが本当に⁉　今Fランクライセンスなのに⁉」

「どどど、どういうことだ⁉　あの無能アルトがBランクボスを⁉　そんなわけあるか⁉」

エラソー隊長は顔を真っ赤にして問い詰める。

「あのダンジョンに関する依頼は全て当ギルドが管理しています。そして、今日あのダンジョンでのクエストを任せたのはエラソー隊長のパーティと、アルトさんだけでしたから……」

それらのことから導《みちび》き出される結論は一つである。

「エラソー隊長が倒してないのですから、アルトさんしかあり得ません。アルトさんにはEランクレベルのモンスターを倒してもらうことを想定していたのですが、まさかたった一人でBランクのボスを倒してしまうとは‼」

「すみません、仕事を横取りしてしまいました」

アルトは申し訳なさそうに謝る。

「いえ、いいんですよ！　確かに、エラソー隊長のパーティがボスを倒すものとしてモンスター討伐クエストを発注しましたが、アルトさんのクエストには討伐対象範囲の規定はありませんでしたので、問題ありません。つまり、早い者勝ちです」

「き、貴様⁉　俺がのろまだとでも言いたいのか⁉」

エラソー隊長は激昂《げっこう》して机に拳を叩きつける。しかし、普段から態度が悪い上に、ボス攻略に失敗したエラソーの相手をする気はお姉さんにはなかった。

「アルトさん、まさかこんなに強いなんて。今までわざとFランクのクエストばかり受けていたんですか？」

「いえ、そういうわけではないのですが……たまたまうまくいって」

「Aランク冒険者でもBランクダンジョンをたった一人で攻略するのは難しいんです！　これは本当にすごいことですよ！」

お姉さんはアルトを褒めちぎる。

そして、お姉さんがアルトを褒めれば褒めるほど、立場がなくなるのが攻略に失敗したエラソーである。

「お、お前‼　いったいどんな卑怯な手を使ったんだ！」

エラソーはアルトの胸ぐらを掴《つか》んだ。

腕に自信のある冒険者たちが訪れるクエスト紹介ギルドである。多少のいさかいはいつものことと大目に見られていたが、ついに手を出したエラソー。その様子を見かねた、紹介ギルド専属の警備係が間に入る。

「ちょっと失礼。外に出てもらいますよ」

「おい、お前、何をする！　俺にはこいつの不正を暴く必要があるんだ！」

エラソー隊長の頭の中では、アルトが何か不正を働いて手柄を横取りしたことが確定事項になっていた。自分のプライドを守るために、自然と情報を自分に都合のいいように処理してしまったのである。

力ずくで警備係をどけようとするが、モンスターと散々戦闘を行ってきた後だったため、エラソーはなす術もなくギルドの外に追い出されてしまう。

残った二人はその様子を生温《なまあたた》かい目で見送る。

「さて。うるさい人もいなくなりました……。アルトさん、その他のアイテムについても鑑定はこれからちゃんとしますが、ひとまず初のボス攻略おめでとうございます」

「ありがとうございます」

「ボスを倒して規定を満たしたので、当ギルドのDランクライセンスを交付しますね」

「あ、ありがとうございます！」

アルトは笑みを浮かべる。

Dランクのライセンスがあれば、最初からBランクの仕事を受注できる。

「一人でBランクのボスを倒されたので、本当はAランクライセンス相当の力もあると思うのですが、規定がありますので……まずはDランクということで。でもこの調子でまたボスを倒してくだされぱすぐにAランクになると思います！」

「あ、ありがとうございます……!!」

お姉さんに太鼓判《たいこばん》を押されて、喜ぶアルト。

自分の手でボスを倒すことができた。

他人から実力を認められた。

それらの事実が、確実に騎士に近づけているという実感をアルトに与えていた。


翌日。

アルトは昨日の手柄に甘んじることなく、早朝から修行を行っていた。

冒険者ギルドにいる頃から、攻略によって経験値を稼ぎつつ、自身の課題を見つけることに注意を払っていた。常に改善点を探すことで、効率的に成長するためだ。

特に昨日のクエストでは、高ランクダンジョンにソロで潜ったことによって多くの課題が見つかっていた。

例えば、多方向からモンスターの襲撃を受けた場合、〝同時発動〟を一つにまとめて威力増加を図るのではなく、分割して複数同時攻撃を行う必要があった。だが、同時に操作するスキルの数が増えれば増えるほど軌道制御が難しくなるという問題が見つかった。

こうして見つかった課題に向き合い、昼夜を問わず時間を見つけては何度もスキルを試し、調整していたのだ。

「とりあえずは、こんなものか」

十六個全部とはいかないまでも、五、六個であれば問題なく軌道の制御ができるようになっていた。数時間の成果としては上出来であるとアルトは感じていた。

荷物をまとめたアルトは、クエスト紹介ギルドのオープン時刻に合わせて森を出た。

「アルトさんは昨日Dランクとなりましたので、本日からBランクまでのクエストを受けていただけます」

いつものお姉さんがニコニコした表情で説明してくれる。

「ではBランクのクエストでお願いします」

クエストのランクが高ければ高いほど出現するモンスターのレベルが高い。つまり、一体倒すごとに獲得できる経験値も多いということだ。

「Bランクでソロが可能なクエストですと、今はこの三つぐらいですね」

お姉さんは依頼票を見せてくれる。クエストのランクが高くなると、そもそもの依頼数が少なくなる上に基本はパーティ向けの依頼になる。そのため、ソロであるアルトの選択肢は多くない。

一通り目を通し、アルトは一つの依頼票を選ぶ。

「これでお願いします」

「アシル鉱山のダンジョンですね、かしこまりました」

お姉さんは受注票を作成して渡してくれる。

「こちらは攻略済のダンジョンになりますが、あちこちにモンスターの残党がいるようですので、その討伐クエストになっています。かなり広大なダンジョンですので二日間の討伐許可を出しますね。戦利品は自由に持ち帰ってくださって構いません」

「ありがとうございます」

アルトはお礼を言うと、足早にアシル鉱山を目指した。


鉱山は街から一時間ほどのところにあった。

今回アルトがアシル鉱山のクエストを選んだのには明確な理由が存在していた。それは、モンスター討伐とアイテムの収集を自由に行える、ということであった。

今までパーティの一員としてクエストに参加してきたアルト。オート・マジックを使った探索により、他のメンバーを遥かに上回る量のアイテムを収集していたのだが、その分け前を得ることはほとんどなかった。

理由は単純で、アルトは単独でモンスターを倒すことができなかったからだ。

高価なアイテムがある場所には、強いモンスターがいる。その強いモンスターを倒せてこそ、収集を行うことができる。

事実、当時のアルトでは、高ランクダンジョンのアイテム収集をソロで行うことは不可能であった。

だから、探索だけに長《た》けていたとしても、アイテム収集の利益は享受《きょうじゅ》できなかったのである。

――しかし、今のアルトは違う。

探索のスキルだけでなく、Bランクボスを楽々倒せる戦闘能力も身に付けた。だから改めてダンジョンを探索すれば、発見した全てのアイテムを独り占めできる。

アルトは探索用に用意していたテキストを開く。

鉱山なので探索の対象は魔法石である。

「大きいものや重たいものは運べないから……探索対象は見つけにくく希少なものに限定するしかないな」

オート・マジックでの修行と並行して大量の書籍を読んできたアルト。その中には魔法石に関する書籍も含まれていた。

アルトは記憶にある希少な魔法石をいくつか条件にセットする。

「……これでよし」

アルトは鉱山内部のゴツゴツした道を照らしながら、意気揚々《ようよう》と歩き出す。温暖な陽気に包まれる外とは違い、鉱山の中の空気は冷えていた。アルトの吐く息が僅かに白くなる。

道中、何度かモンスターに遭遇する。多いのは、Bランクレベルのモンスター、トロールだ。大型で巨漢《きょかん》になったエリートゴブリンのような見た目をしている。知性が著しく低いが、耐久力、パワーが桁外れに高く、並の冒険者が小細工でなんとかできるようなステータスではない。さらに凶暴性も高いため、危険なモンスターとして知られている。

しかし、今のアルトにとっては楽勝な相手である。

「〈ファイヤー・ボール８〉起動！」

既に一六倍のバフが掛かった状態からさらに八倍の威力になった渾身の〝ファイヤー・ボール〟

である。トロールは業火に焼き尽くされて灰となる。その灰の中から魔石を拾い上げると、すぐに探索に戻る。

しばらくはこの作業の繰り返しであった。

そして、期待していた瞬間が訪れる。

【――通知。〝魔耀石《まようせき》〟を発見しました】

オート・マジックの条件で設定した希少アイテムが探索に引っかかったことを教えてくれる。

「お、魔耀石か!!!」

ウィンドウを開き、魔耀石の位置を確認する。示されていた場所は洞窟の壁の向こう側であった。

通常、他となんら変わりないこの場所であえて探索を使うことは考えづらく、オート・マジックがなければ誰にも見つからないままだったかもしれない。

壁を少し掘ると、黒く輝く魔法石が出てくる。

「これ、一個でいくらになるんだろうか……」

以前もギルドでレアアイテムを収集することはあったが、アルトが関わるのは倉庫での整理作業までであった。その後の換金はギルドの幹部が行っていたので、最終的にどれくらいの金額になるのかは知らなかったのだ。

入手した魔耀石をリュックにしまいながら先に進むと――、

【――通知。〝竜眼石《りゅうがんせき》〟を発見しました】

息つく間もなく通知が鳴る。

地図に示されたところを掘ると、またしても希少なアイテムである〝竜眼石〟が現れる。闇《やみ》に潜《ひそ》む竜の眼《め》のような怪しい輝きを放っていることからその名がつけられた、と本に書いてあったのを思い出す。

その後も、歩けば歩くほどレアアイテムが見つかった。

しかも今日は討伐、探索、収集を全て一人でこなしているので、収集した成果は全部アルトのものになる。

「Bランクダンジョンの攻略ってこんなに楽しかったっけ？」

——一日の探索を終え、アルトはクエスト紹介ギルドに向かった。

「アルトさん、おかえりなさい」

受付のお姉さんが笑顔でアルトのことを出迎える。

「あれ、でも討伐許可は二日間分出したと思いますが……」

「ええ、実はアイテムが思っていたよりも多く収集できたので、今日の分の換金を先にお願いしたいと思いまして」

「順調なようで良かった……って、え、これ全部⁉」

アルトが受付に置いたリュックは収集した鉱石でパンパンに膨らんでいた。お姉さんは驚きのあまり、小さく飛び跳ねる。

「だって、これって、魔耀石⁉ こっちは竜眼石⁉ ……ちゃんと鑑定はしないとですが、どれもとっっっても高価なアイテムばかりじゃないですか!?　それをこんなにたくさん、一人で？」

「もともと探索は得意で……」

アルトは頭を掻きながらそう答えた。

「やっぱりアルトさんは収集系のギルドに入った方が……」

お姉さんのつぶやきはアルトにもしっかり聞こえたが、あえて聞こえないふりをした。アルトが目指すは騎士であり、大手ギルドの冒険者ではない。今のこの成果も、あくまで騎士になるための過程にすぎない。

お姉さんは時間をかけて大量の鉱石を鑑定していった。そして、その結果を驚きながら口にした。

「金貨十枚……ですね」

「そ、そんなに!?」

アルトもその金額には驚いた。

希少な魔法石であることは知っていた。しかし、あんなにあっさり見つかるものがここまでの金額になるとは思いもよらなかったのだ。

「モンスターが強いBランクのダンジョンでこれだけの収集をしようと思ったら、普通はしっかりとしたパーティを組む必要があります。それを一人でやるなんて……アルトさん、どれだけ強いんですか!!」

「いや、確かにモンスターは割とスムーズに倒せたんですけど……まさかこんなに価値があるものだったとは……」

アルトは生活に必要以上のお金を掛けない。そのため、大金を稼ぎたいという欲がほとんどなかった。だからこそ雀《すずめ》の涙ほどしか貰《もら》えない低賃金でも生きることができていた。

だが、将来を見据えた場合、現実問題としてお金が必要になる。

騎士学校への入学金や学費がその例である。いくら魔法の才能があっても、その金額を支払うことができず入学を諦めざるを得ないケースも珍しくない。その結果、騎士学校に通っている八割以上が貴族出身という状態だ。

実家を追放され侯爵家の後ろ盾がなくなったアルトは、そのお金を自分で稼がなければならない。

これはアルトにとって頭を悩ませる問題であった。収集系のクエストを地道にこなし、長期的にお金を貯めていこうかな、と考えていたところで、今回のこの高額換金である。

（……こんな感じで稼いでいけるなら、騎士学校への入学金もすぐ貯まるぞ……！）


鉱山での二日目の収集もすこぶる順調であった。

一日目と同様にレアアイテムがザクザク採れ、リュックは再びパンパンになっていた。

もちろんモンスターを倒した証である魔石もたくさん手に入ったので、クエスト報酬の方も弾むだろう。

そして、何より経験値の上がり方がこれまでの比ではない。冒険者ギルドで働いていた時の数倍は効率が上がっている。

アルトは翌日以降のクエストをどうしようか考えながら、軽い足取りで洞窟を出た。ここから少し山を下っていけば街道へとつながる道に出る。

――だが、その時。

「な、なんだ!?」

静かなはずの山に、突然、甲高い叫び声がこだました。あの声は、ちょっとやそっとの出来事ではない、そう直感した。

アルトは慌てて、声がした方へと駆け出していく。

悲鳴がどこから発されたのかが判明するまでに時間はかからなかった。

遠目からでも、一目でわかるのだ。

「――ドラゴン!?」

ドラゴンの見える方角から悲鳴が聞こえた。その事実が全てを物語っていた。

「誰かが襲われているかもしれない……っ!」

アルトは自身にバフを掛ける。〝マジックバフ〟ではなく〝フィジカルバフ〟。一六倍を三重だ。

常軌を逸《いっ》する脚力を手に入れたアルトは、思い切り地面を蹴る。

ここまでの〝フィジカルバフ〟を掛けたのは初めてだった。足がちぎれそうになる感覚すらあるが、唇を噛《か》んでその痛みを堪《こら》える。

そうして、アルトは瞬く間にドラゴンとその周囲を確認できる位置までたどり着く。

本物のドラゴンを見るのは初めてであった。

全長は人の五倍はあろうか。その前足だけでも人間より重たそうだ。

そしてドラゴンの視線の先には、少女がいた。その少し離れた位置に倒れた男もいる。

外見から少女は貴族で男は護衛であるように思えた。

――だが、護衛は倒れ込み、動きがない。

すると、ドラゴンが僅かに身をかがめた。

(まずいっ！)

アルトはその後の攻撃の予測がついた。空中に飛び上がり、尻尾で獲物を捕獲《ほかく》する気だ。

既に言うことを聞かなくなり始めていた足に思い切り力を込めた。

ドラゴンが空中に舞い上がったと同時、アルトは高速で少女の体を抱え込むと、護衛が倒れ込んでいる近くに降ろす。

間一髪のところでドラゴンの尻尾が空を切った。

「え、あの、あれ？」

一瞬の出来事に、少女は理解が追いつかないようだった。アルトはすぐにドラゴンに向き直った。隙を見せてはいけない。

「ここで待っていてください。俺がなんとかしますから」

それだけ言ってアルトはドラゴンの前に身を晒す。

「お前の相手は俺だ！」

普段は出さないような大声を出して、ドラゴンの注意を引きつける。

ドラゴンは突如《とつじょ》として現れたアルトの存在に気付き、怒りの唸り声を上げる。深緑の鋭い目つきは、先ほどまでとはかけ離れた圧力を放っている。獲物を横取りされたと勘違いしているようにも見えた。

ドラゴンの口から僅かに炎が漏れ出る。

あれは間違いない。今ドラゴンは体の中で高熱・高圧の炎を練り上げている。つまり、人間の魔力で作り出した偽物《にせもの》ではない、本家本元の〝ドラゴン・ブレス〟が来る。

しかし、そこまでわかっていてもアルトは一歩も引かなかった。〝ドラゴン・ブレス〟は着弾と同時に周囲に熱波を広げる。つまり、安易《あんい》に避けたりすれば近くにいる少女とその護衛を危険に晒すことになる。

ならば、〝ドラゴン・ブレス〟が放出される前に叩くしかない。

アルトはすぐに心の中で一六倍の〝マジックバフ〟を唱える。

ドラゴン相手に出し惜しみする必要はない。かといってそれ以上バフを追加している時間もない。

用意が整ったアルトはドラゴンに向かって叫ぶ。

「――――〈ファイヤー・ボール16〉起動!!」

オート・マジックを発動すると特大級の火球が現れる。それは迷いなく一直線にドラゴンに向かう。

あとほんの僅かで、火球がドラゴンを包み込む。

そう思った瞬間、ドラゴンは口を大きく開いた。

アルトの読みよりドラゴンの準備が早かった。

二つの炎がぶつかり合う。

その先を読んだアルトはさらに自身に〝マジックバフ〟を掛ける。

「〝アイス・ウォール〟!!」

アルトは通常の詠唱で、素の〝アイス・ウォール〟を放った。オート・マジックの記述をしている暇がなく、自身の魔法回路を使う他なかったのだ。

分厚い氷の壁が三人とドラゴンの間に聳《そび》え立つ。

〝マジックバフ〟を都合三二回分掛けた甲斐《かい》があり、氷の壁はなんとか熱波を防ぎ切る。

高火力を短時間で練り上げた反動か、ドラゴンが苦しそうな呻《うめ》き声を上げる。

アルトはその数秒を見逃さなかった。

準備してあった最上級の威力を誇るテキストを、これでもかと連続で叩き込む。

「――∧アイス・ニードル16∨起動!!　――∧ファイヤー・ボール16∨起動!!」

大きな音を立てて土煙《つちけむり》が舞う。

しかしすぐにその煙は払われた。見ると、ドラゴンがたまらず大きな翼を広げて空へ飛び立とうとしていたのだ。

ここで自由に飛び回られてしまうと、まだ細かい軌道制御に不安のあるアルトのスキルでは分《ぶ》が悪い。ここが勝負どころだ。

「――∧アイス・ニードル16∨起動!!　――∧ファイヤー・ボール16∨起動!!　――∧アイス・ニードル16∨起動!!　――∧ファイヤー・ボール16∨起動!!」

煙で視界が遮《さえぎ》られようと、構わずに撃ち続けた。

すると、ドスンという音と共に大地が揺れたのがわかった。

警戒は解かないまま、煙が晴れるのを待った。

そこにいたのは、なす術なく倒れ伏しているドラゴンの姿であった。

「……な、なんとか勝った……」

アルトは安心のあまり片膝をつき、ため息を漏らした。

少女を助けなければ、という一心で戦いを挑んだが、相手はまごうことなきAランクモンスター。本来一人でどうにかなる相手ではなかった。

倒れ込んでいる護衛がある程度戦ってくれたおかげで、なんとか倒すことができたのだろう、とアルトは思った。

見ると、その男はいつの間にか体を起こしていた。

「大丈夫なんですか!?」

「麻痺《まひ》がまだ効いていて……すまないが何かポーション系を持っていたりはしないか？」

よく見れば外傷もほとんどなさそうである。どうやらダメージを受けているのではなく麻痺していただけだったようだ。

「えっと、麻痺を治すポーション……」

ソロ冒険者にとって状態異常ほど危険なことはない。抜け目なく準備をしていたアルトは、バッグからポーションを取り出して使う。すると男はすぐに体の自由を取り戻した。

その様子を横で見ていた少女が声を上げた。

「あ、ありがとうございます!!」

これまでドラゴンに気を取られて気が付かなかったが、そこに立つのはとびきりの美少女であった。十人に聞けば十人が美人と答えるであろう容姿をしていながら、それを鼻にかける様子は一切ない。つややかな茶色の長い髪はまるで作り物のような美しさを湛《たた》えており、一度風になびけばまるで幻を見せられているのではないかと思うほどである。

一挙手一投足が上品であり、本当に可憐《かれん》で美しい少女だった。

少女の声に事態を思い出した男が立ち上がり、少女に頭を下げる。

「……ハッ!!　も、申し訳ありませんでした!!」

どうやら護衛の役割を果たせなかったことを詫《わ》びているのだ。

「いえ、気にしないでください。まさかこんな場所でドラゴンに遭遇し、加えてもう一人が突然裏切りを働くなど、予想できるはずがありません」

「しかし……」

「それに、本当に幸いなことに、このお方が助けてくださいましたから」

少女は、アルトの手を取ってその目をまっすぐ見据えた。

「私たちを助けてくださって本当にありがとうございます」

「い、いえ……」

アルトはしどろもどろになって答える。

「私はシャーロットと申します。以後、お見知りおきを」

シャーロット。決して珍しいという程の名前ではないが、それにしてもどこかで聞き覚えがあるような気がした。だが、絶世の美少女にこう至近距離で見つめられては、普段のように頭が回るはずもなかった。

「お、俺はアルトです」

「アルトさん。あなたは命の恩人です。この御礼《おれい》は必ずしなければ――！」

「いえ、そんな……」

そんな控えめなアルトを見たシャーロットは、一瞬護衛の方に視線をやる。護衛もそれに気付き軽く頷いて応えた。

「すみません、アルトさん。今は急いでいるので街に帰らねばなりません。でも後日必ずお礼をいたします。なので所属しているギルドを教えていただけますか？」

「えっと、ギルドは今は入ってなくて。フリーとして活動してます」

「それでは、いつも利用しているクエスト紹介ギルドは……？」

アルトはいつも仕事を受注しているギルドの名前を言った。

「わかりました。後日、必ず御礼に参ります!!　必ずです」

「あ、ありがとうございます」

と、シャーロットと護衛の男は立ち上がる。

「それでは、早くこの辺りから離れましょう」

「あ、あの……街まで送りましょうか？」

「いえ、先ほどは不意を突かれましたが、もう大丈夫です。この近くには既に敵もいないはずですし」

男がそう言うと、少女もそれに頷く。

「ご迷惑をおかけしました、アルトさん。必ずまた後日――！」

そう言って二人はその場を離れていく。

――アルトは嵐《あらし》のように去っていった二人の背中を見つめるのだった。

◇◆◇◆◇◆◇◆◇◆

数日後。

この日も大量のアイテムを収集できたアルトは、ギルド受付の脇で鑑定を待っていた。

すると、ギルドの扉が乱暴に開かれた。

見ると、そこにはエラソーが立っていた。だが、アルトの知る普段のエラソーとはオーラが違っていた。

目の下に薄い隈ができていて、人を威圧するような覇気《はき》がない。

アルトに気付いたエラソーは小さく舌打ちをした。

「……貴様を見るとイライラする！　……誰のせいであんな倉庫整理など、このエラソーが……」

これまでのような余裕たっぷりの暴言とは違った。後半はもはや独り言に近い。

(自分がギルドからいなくなったことで雑用の人手が足りなくなって、責任がエラソー隊長に及んだのか)

アルトはエラソー隊長の疲れた様子に納得した。

アルトとて、オート・マジックなしで行うあの作業は想像したくなかった。ギルドの成長に伴って増えた業務量。時間がかかることはもちろんだが、単純作業に心が摩耗《まもう》するのだ。

自業自得だ、とアルトは思ったが、しかし言葉にはせずに黙っていた。反応してしまうとこの前のように大騒ぎになりかねないと感じたからだ。

そんな無反応のアルトに興味を失ったのか、エラソーは受付のお姉さんの前にやってくる。

「おい。今ある中で一番難しいクエストはなんだ」

「一番難しい……まぁ、例えばこのBランクダンジョンの攻略とかでしょうか……」

「……ダメだ、そんなんじゃ！　今すぐに大きな手柄《てがら》を挙げる必要があるのだ！　Aランクのクエストはないのか!?」

ここ数日、エラソー隊長のパーティは立て続けにクエストに失敗していたため、ギルマスからの信頼がガタ落ちしていた。

そんなエラソー隊長のパーティに、Aランクのクエストなど割り当てられるはずがない。

お姉さんは心の中で「Bランクさえ失敗したのに、どの口が言うのか」と思ったが、さすがに口には出さず、無表情で答える。

「今はありませんね」

「――使えないな！　クソッ、他を当たるか……」

エラソー隊長が悪態《あくたい》をついたその時。

一人の男が建物に入ってくる。

「――いらっしゃいませ」

男の姿を見た受付のお姉さんは、背筋を伸ばしてそう言った。

お姉さんの改まった様子に、アルトとエラソーも思わず振り返る。

果たしてそこにいたのは宮廷《きゅうてい》の役人だった。胸につけたエンブレムがその証だ。

「今日はある男に、任務を依頼しに来た」

役人は受付のお姉さんに言った。

「ありがとうございます。指名でのご依頼ですね」

「そうだ。その者が騎士選抜試験にふさわしいかを見極めるための高難易度クエストを依頼したい」

騎士選抜試験と聞いて、アルトとエラソーは同時に耳をそばだてる。それは、アルトにとっては夢を叶える機会であり、エラソーにとってはまたとない名誉挽回《めいよばんかい》の機会であったからだ。

通常、騎士選抜試験は、王立騎士学校に通っている者が受けることを許される。

しかし、例外的な措置《そち》として、宮廷などの推薦《すいせん》があれば部外者でも受けられる。めぼしい人間を見つけた宮廷は高難易度クエストを依頼し、その者が試験参加の推薦に値するか否《いな》かを見極めるのだ。

「それで、どなたをご指名でしょうか？」

お姉さんが聞く。

「それは――」

役人は一瞬の間を開け、その者の名を告げる。

「――アルトという者なのだが」

「――へ？」

役人の口から出てきた〝アルト〟という言葉に、エラソーは本気で驚く。

「ちょちょちょ、ちょっと待ってくれよ役人さん!!」

エラソーは思わず役人に話しかける。

「なんだ、お前？」

「ああ、アルトって、このアルトですか？　まさか、こいつにクエストを!?」

エラソーはアルトと役人を交互に見る。

「ん、彼がアルトか。なんと奇遇《きぐう》な。――うむ、確かに聞いていた通りの人相だ。彼で間違いはない」

「待ってくださいよ!!　この男は、ノースキルの無能野郎ですよ!?　人を間違えてはいませんか!?」

「名前と人相が一致している以上、疑いようもないだろう」

「そ、そんな!?　お、俺は!?　エラソーの名前を知りませんか!?　近衛《このえ》騎士に今一番近い男と言われているんですよ!?」

まくし立てるエラソー。

しかし役人は首をかしげる。

「はて……エラソーなどという名前は聞いたことがないな」

「そ、そんな!?」

「とにかく、王女様のご指名なのだ」

「王女様……ですか……？」

「左様《さよう》。引き受けてくれるか？」

「えっと、そのクエストを達成すれば、騎士選抜試験に参加できるってことで間違いないですよね？」

「その通り。難易度は高いが、無事達成できた暁《あかつき》には、騎士学校の三年生に交じって近衛騎士を選抜する試験への挑戦権が与えられる」

言わずもがな、アルトにとっては願ってもないことだ。

「そのクエスト、受けさせてください」

そうハッキリと宣言するアルト。

だが、それに異議を唱える者がいた。

「ま、待ってくださいお役人様！　わ、私こそが、騎士になるのにふさわしい男です!!　こいつは正真正銘《しょうしんしょうめい》のノースキル！　同じパーティにいたためわかります！　何かの手違いに違いありません！」

エラソーは役人に詰め寄る。

すると役人は目をすがめてエラソーを見る。

「ほう？　そこまで言うからには、相応の覚悟があるのだろうな？」

流れが変わったのを肌で感じたエラソーは、内心ほくそ笑む。

「覚悟ならあります！　Sランクパーティを率いてきた私の過去に誓《ちか》って、何事でも成し遂《と》げてみせます！」

その言葉を聞いた役人は、懐から一枚の紙を取り出す。

「全く無名の者を宮廷が推薦する、これは前代未聞《ぜんだいみもん》だ。当然反対意見が出るだろうことは、王女様も予見されていた」

役人は巻かれていた紙を机の上に広げて見せた。

「その場合、観衆を入れた決闘を行うことで、アルト殿にその実力を証明してもらおうという話になっている」

「逆に、もしその決闘で私の力が認められれば……」

「選抜試験への推薦もあり得るだろう」

「ありがたき計らいに感謝します!!　このエラソー、全力で決闘に臨ませてもらいます!!」

「良いかな、アルト殿」

「え、えぇ……そうですね、お願いします」

——突然王宮の役人に指名されたと思ったら、あれよあれよという間に元上司と決闘をすることになったアルト。

展開の目まぐるしさに困惑したものの、突然舞い込んだチャンスである。みすみす逃すわけにはいかない。どんな条件であろうとクリアして見せようという気持ちは、アルトも同じだった。

二人は役人が広げた紙にサインをする。

「それでは明日、王宮の決闘場にて二人の決闘を行う。王女様もお見えになるだろう。くれぐれも遅れることなどなきように」

そう言い残して役人は去っていった。

◇◆◇◆◇◆◇◆◇◆

場所は騎士団本部。

その広間には二〇名あまりの騎士が集められていた。

急遽《きゅうきょ》決まった公開決闘の開催に当たって警備任務の要請があったためだ。

騎士選抜試験に関する世間の注目度は高い。

しかも宮廷からの推薦を受ける者が全くの無名冒険者であるとすれば話題度も高くなる。既に発布された公開決闘の告知を受け、街はその話題で持ちきりだという。

「それだけ人が集まるということは、危険人物が紛れ込む可能性も高くなる。特に王女様がご出席されるため、テロを企てる者がいてもおかしな話ではない」

集団の前で話をしているのは、騎士団長その人である。

そして、彼が立つのとは逆側、集団の一番後ろ。

そこには騎士となったリリィの姿があった。

「市民の安全と王女様の安全を同時に保障する、非常に重要な任務だ。緊急ではあるが、皆心してかかってくれ。配置などの詳細は配布した用紙を確認し、質問事項があれば今日中に各隊の隊長まで確認に来るように！　以上、解散！」

いつもであれば自由時間を修行に充てるリリィであったが、この日は違った。

受け取った紙を手に、足早に自室に戻った。

懐かしい、でも一日も忘れたことのない、その名前を見つけたからだ。

部屋の椅子に腰掛け、改めて内容に目を通す。

「騎士選抜試験の宮廷推薦とその異議に係る公開決闘の件……」

任務の詳細が記載されている。リリィの持ち場は、決闘場の外。だが、気になっていたのはそこではない。

リリィはページをめくっていく。

参考として資料の最後に添付《てんぷ》されていたのが、決闘自体の詳細だ。

「推薦予定の冒険者、アルト」

見間違いではなかった。

アルトならいずれ騎士になることができるだろうと信じていたが、こんな形で名前を目にするとは思っていなかった。

さらに読み進める。

「王女様をドラゴンの襲撃から救出。単独でAランクモンスターを討伐する戦闘力、実力に驕《おご》らずひたむきで謙虚《けんきょ》な人格、共に騎士にふさわしいと判断され、今回の推薦に至る――か」

リリィは感嘆《かんたん》のあまり長い息を吐く。

「単独でAランクなんて。やっぱり、アルトはすごい……」

騎士選抜試験で実力を認められ騎士となったリリィ。だが、一人でAランクのモンスターを討伐できるかといえば、答えは否。

先にスタートラインに立ってアルトを待っているつもりだったが、そんな悠長な考えではいられないと思い直す。

「わたしも、もっと強くならないと。アルトの横に並ぶにふさわしいだけの力をつけないとね」

◇◆◇◆◇◆◇◆◇◆

定刻前にも関わらず決闘場は超満員であった。

アルトは決闘場の隅でエラソーのことを待っていた。

「アルト殿。本日はそのお力を見られるということで、楽しみにしている」

件《くだん》の役人がアルトにそう話しかける。

「は、はい」

アルトはグッと拳を握る。この決闘の結果如何で、今後の人生が大きく変わってくる。才能だけではない、積み重ねてきた過去の証明でもある。適性の儀を受けた時よりも緊張していた。

それから少しして、決闘の相手であるエラソーがギルマスと共に姿を現した。

「なんだ、怖くて逃げ出すと思ったが、ちゃんと来ているじゃないか！　それだけでも褒めてやろう」

エラソーは下卑《げび》た笑いを浮かべながらアルトの方にやってくる。

「ギルマス、コイツに勝てば、騎士選抜試験を受けるためのクエストへの挑戦権を手に入れられます。騎士となり、必ずやギルドの評判につなげて見せます」

「ん？　なんだ、誰かと思えば。こないだリストラしたノースキルではないか。ノースキルに勝てば確認クエストを受けられるだなんて、あまりに簡単すぎやしないか？」

「ええ、私も全く同感です。はっきり言って、瞬殺かと」

ギルマスとエラソーはそんな失礼極まりない会話を繰り広げるが、役人もアルトも言葉を挟まなかった。二人の会話が正しいか否かを、これから決闘で決めるのだ。言い争いで時間を無駄にする必要はない。

役人は時間を見て口を開く。

「アルト、エラソー。会場内には騎士も控えているため、多少の傷ならヒールで治せる。そのため、ルールの範囲内であれば遠慮は不要。全力で実力を示してくれて構わない。それではもう間もなく時刻になる。開始の合図があるまで待つように」

役人は淡々と告げると去っていった。

観衆も今か今かと待っている様子だ。

すぐに、会場内に大声が響き渡る。

「これより、騎士選抜試験の宮廷推薦とその異議に係る公開決闘を執《と》り行う！　相手に一撃を食らわせ、結界にダメージを与えた方が勝ち。それ以上の攻撃は認められない。両者良いな」

「ああ、わかっている」

「わかりました」

二人は向かい合う。

「――それでは、始め！」

大きな歓声が決闘場を包み込む。そんな中、先手必勝とばかりにスキル名を発したのはエラソーだった。

「〝ドラゴン・ブレス〟！」

いきなり上位スキルを発動するエラソー。

巨大な炎を練り上げて、それを一気に放出するスキルである。

宣言通り、瞬殺する構えだった。

しかし、上位スキルを前にしてもアルトは冷静だった。なぜなら、本物の〝ドラゴン・ブレス〟を既に経験しているためだ。

「〈ファイヤー・ボール〉起動！」

アルトはすかさず〝ファイヤー・ボール〟の同時発動テキストを起動。妙な勘ぐりを避けるため、テキスト名はあえて「ファイヤー・ボール」としておいた。

「フハハ！　〝ファイヤー・ボール〟？　そんな初級スキルで俺に勝てるわけねぇだろう!!」

エラソーはそう笑ってから、溜め込んだ火炎を撃ち放つ。

――だが。

エラソーの巨大な火炎を、さらに上回る大きさの〝ファイヤー・ボール〟がアルトから放たれた。

あまりの熱量に、観衆は空間が歪んでいるように錯覚《さっかく》した。

両者のスキルが激突――だが結果は最初からわかりきっていた。

エラソーの〝ドラゴン・ブレス〟はアルトの〝ファイヤー・ボール〟に押し返されていく。

「ば、馬鹿な!?」

完全な力負け。エラソーの攻撃は難なく押し切られた。

当初の勢いをほとんど失うことなく、アルトの〝ファイヤー・ボール〟がエラソーの結界とぶつかり、巨大な爆煙《ばくえん》をあげる。

宙を舞うエラソーの体は、そのまま後方の地面に叩きつけられる。

エラソーが宣言した通り、瞬殺であった。

ただし、負けたのはエラソーである。

誰の目にも一目瞭然の勝敗。早すぎる結末に、観衆は呆気に取られていた。

「――勝者、アルト」

役人の勝利者宣言が決闘場内に響き渡る。それと同時、大きな歓声が場内を包み込み、熱狂を生み出す。

「な、なんだと⁉」

脇で見ていたギルマスは、予想外の展開に目を剥《む》く。

吹き飛ばされたエラソーは結界のおかげで外傷こそなかったが、しばらくの間何が起きたのか理解できず立ち上がれなかった。

「お、俺が、あの無能のノースキル野郎に負けた……？」

すると、役人がアルトに近づいてきて言う。

「さすが、評判通りのお力！　あなたのような人材こそ騎士にふさわしい」

アルトは頭を掻く。

「あ、ありがとうございます」

と、ようやく我に帰ったエラソーがアルトたちの方に走って戻ってくる。

「待て！　コイツは不正をしたんだ！　そうじゃなきゃ俺が負けるはずがない‼」

根も葉もない言いがかりに役人はあきれ果てる。

だが、その言葉に怒った人間がいた。

「バカなことを言うのはおよしなさい」

――凛とした声が響く。ざわついている場内にも関わらず、非常によく通る声だった。

その場にいた全員が声の方を見た。

「……王女様!!」

現れた少女を見た役人がすぐに頭を下げた。

逆に、アルトは驚きのあまり突っ立ったまま、頭を下げることなど忘れていた。

「お、王女様――!?」

何しろ、目の前に現れた〝王女様〟と呼ばれた人物は、つい先日アルトがドラゴンから助けた少女だったのだ。助けた少女が高貴な身分だとは思っていたが、まさかこの国の王女様とは思わなかった。侯爵家の長男として育ったアルトであるが、父親の方針によって他の貴族と関わる機会が少なく、王女との面識もなかったのだ。

「アルトさん、先日は本当にありがとうございました。そして自己紹介が遅れて申し訳ありません。ローレンス王国王女、シャーロットです」

「まさか王女様とはつゆ知らず、ご無礼をいたしました」

アルトが慌てて頭を下げると、シャーロットは「とんでもない」と言いながら歩み寄ってくる。

「あなたがいなければ今頃私は死んでいました。本当に感謝しています」

アルト以上に驚いていたのが、会話を聞いていたギルマスとエラソーだ。もはや口を開けたまま呆然とする以外になかった。

――何やらアルトと王女が知り合いで、しかも王女はアルトに恩があるらしい。

そんなこと想像さえしていなかったのだ。

「アルトさんの実力、再び拝見《はいけん》させていただきました。やはり思った通り、騎士になるにふさわしい実力をお持ちです」

――騎士、という言葉を聞いてエラソーたちはビクっと肩を震わせる。

それは、冒険者なら誰でも憧れる存在。

そして、この国の王女様は、自分たちではなく目の前の〝無能〟が騎士に近い存在だと言うのだ。

「我が王室としてはアルトさんを王立騎士学校で行われる騎士選抜試験に推薦したいと思っています」

「あ、ありがとうございます」

昨日いきなり王宮から打診があったのは、どうやら王女様を助けたからだったのだとアルトは納得する。

「それでは私たちの推薦を受けてくださいますか」

「ぜ、ぜひお願いします」

「そう言ってくださると嬉しいです。ただ、こちらの者からも説明があったかと思いますが、推薦に足る実力であることを証明するために、一つクエストをこなしていただく必要があります。王室といえど、誰にでも推薦を出せるわけではありませんので……。もちろん報酬はお支払いしますが、受けていただけますか？」

もとよりそのつもりだったアルトは即答する。

「わかりました」

「では、また後日正式に連絡をいたします」

「ありがとうございます」

「――アルトさん。私はあなたにぜひ騎士になってほしい。期待しています」

王女は笑みを浮かべながら、アルトの腕にそっと手を置く。

――と、それから王女の鋭い視線がエラソーたちに向けられる。

「それに比べて、あなたたちは本当に情けない」

「――!!」

「完敗したことを認めず、逆に不正だなんだと喚《わめ》き立てるとは……」

「お、王女様！　し、しかし、この者は正真正銘ノースキルの無能なのです……。それがこのSランクパーティの隊長を務める私に勝てるはずがございません。何かしらの不正を行ったに決まっています」

エラソーの言い分を論理的に否定するのは難しい。〝不正を行った証拠〟はないが、〝不正を行っていない証拠〟もないのだから。

だが。

「馬鹿馬鹿しい」

王女はそんな風に一刀両断《いっとうりょうだん》する。

「これ以上愚《おろ》かさを見せて私を不快な気持ちにさせるなら、不敬罪《ふけいざい》でそれ相応の罰《ばつ》を与えますよ？」

「――ッ!!」

不敬罪という言葉が出てきたことで、さすがのエラソーも黙らざるを得ない。

「とにかく、あなた方に推薦状を書くつもりはありません。さっさとこの場から立ち去りなさい」

王女に一喝《いっかつ》され、エラソー隊長たちは怒りと恐怖に体を震わせながらその場を去った。

◇◆◇◆◇◆◇◆◇◆

ギルド本部に戻ってきたエラソーとギルマス。

「おい、お前があの無能に負けたせいで、私まで恥をかいたじゃないか!!　あれだけの公衆の面前《めんぜん》で!!」

ギルマスはエラソーを怒鳴りつける。

「も、申し訳ありません」

「お前のせいで、我がギルドの威信は地に落ちたわ。Bランクダンジョンの攻略に失敗し、今度は王室の反感を買った」

「本当に申し訳ありません」

ギルマスは顔を真っ赤にして怒っていたが、それと同時にギルドの保身を図る方法を考えていた。

「本来なら今すぐにでもお前をクビにするところだ」

「く、クビですか……!?　それだけはどうか……!!」

「だが、このままではお前の冒険者生命どころかこのギルドの存続すらも危ぶまれる。そんなことだけはあってはならん！」

激昂していたギルマスであったが、ここで小さく息を吐き、声のトーンを落とす。

「お前に最後のチャンスをくれてやる」

「……そ、それは？」

「あの無能アルトが、失態を犯すように仕組め。王女様はあのように仰《おつしや》っていたが、ノースキルにあんな芸当ができるはずがない、これは事実だ。不正と考えるのが道理。奴が本当に無能であると証明できさえすれば、我々の訴えが正しかったことを証明できる」

「――なるほど!!　さすがギルマス!!」

「いいか、もう絶対に失敗は許されないぞ」

「はい!!　必ずあいつの化けの皮を剥いで見せます！」

◇◆◇◆◇◆◇◆◇◆

決闘があったその日の夜からアルトは修行を再開した。止まっている標的であれば、一〇個以上の〝ファイヤー・ボール〟を同時に当てられるようになっていた。だが、実際のクエストで遭遇するモンスターが棒立ちであるわけがない。特に高難易度クエストに出現するようなモンスターであれば、複数体での連携攻撃も脅威である。

修行が急を要する一方で、常に動いている複数の標的を訓練用に確保するのは難しい。結果、動きをイメージで補う他なく、効率が下がった分だけ時間をかけて修行する必要があったのだ。

数日後。

アルトは王室から受けたクエスト遂行のため、隣街の郊外にあるダンジョンへと足を運んでいた。

今回挑むのは鉱山型のダンジョンで、最奥部《さいおうぶ》にある宝箱を取りに行くというクエストであった。

――このダンジョンが、いわくつきであった。

かつて冒険者たちが、このダンジョンのSランクボス攻略に挑んだ。壮絶な戦いが繰り広げられるも、ボスの強力な生命力によって戦いは長期化。どうしても倒しきれないと判断した当時の冒険者たちは、ボスを封印《ふういん》する方針に舵《かじ》を切った。この判断が功《こう》を奏《そう》し、封印は見事に成功。

そして、実害がないという理由でそのまま長年放置されているのである。

今回のアルトの任務は、ボスを倒すことではなく、ボスの間にある宝箱を取りに行くことであった。

ボスが封印されているのは、もともといたボスの間とは別のところなので、アルトとボスが相見《あいまみ》えることはない。

しかし、そうはいってもS級ボスが鎮座《ちんざ》していた高難易度ダンジョンである。道中のモンスターはほぼ全てBランク以上であり、攻略は簡単ではない。

アルトは頬を軽く叩いて気合を入れる。

「テキストは、うん、問題なし。よし、クエスト達成するぞ……！」

そう言ってダンジョンへと足を踏み入れた。

◇◆◇◆◇◆◇◆◇◆

――アルトがダンジョンに入る数時間前。

鉱山ダンジョンの入り口に、数人の男の姿があった。

　エラソー隊長と、その部下たちである。宮廷の役人に大金を積んでアルトがやってくるダンジョンを聞き出していたのだ。狙いはただ一つ。アルトのクエスト失敗だ。

「隊長、ここってボスが封印されてるSランクダンジョンですよね……」

部下が不安そうな表情を浮かべる。

「何を心配している。モンスターを倒す必要はなく、ダンジョンの奥に行って帰ってくるだけでいいのだ。Sランクパーティである我々がいずれはここのボスを倒すかもしれん。いいか、今日はその下見に来た！　間違いないな？」

「……はい」

血走るエラソーの目力《めぢから》に押され、部下は頷くしかなかった。

エラソーの立てた作戦は単純だ。アルトより先にダンジョンに入り、封印されているボスを解放し、クエストの邪魔をさせることであった。

（たとえなんらかの不正を働いていたとしてもSランクのボスは倒せまい……いや……Sランクボスが暴走すればあの邪魔者を葬《ほうむ》り去ってくれる可能性すらある!!）

エラソーは内心でニヤリと笑う。

「お前たち、行くぞ」

エラソーは、意気揚々とダンジョンへと入っていった。

モンスター討伐を目的とはしていないので、モンスターと出会うたびに煙幕を張ってその場をやり過ごす。

封印場所へのルートの都合上、どうしても戦闘になってしまう場面もあるが、部下からのヒールとエラソーの自腹で大量に買い込んだ高級ポーションでしのぎきる。今回の仕事の成否が、エラソーの人生の分かれ道となる。成功のためであれば金銭的な問題など取るに足りないことなのだ。

こうして、一行はダンジョンを駆け抜け、ボスが封印されている場所までたどり着いた。

「ここで間違いないな」

エラソーはマップの確認すらせずにそう断言した。ここにいてはいけない、そう全身の細胞が訴《うった》えている。

レベルの低い隊員にも直感できるほどの禍々《まがまが》しいオーラが、目の前の扉から滲み出ている。扉自体は簡単なスキルで土を練り上げただけの代物《しろもの》だ。ボスを封じ込めているのは、その扉に張られた強力な結界である。

「よし……お前ら、スキルでその扉を攻撃するぞ。外側からなら簡単に壊れるはずだ」

「で、でも隊長。ここってSランクのボスが封印されてるんですよね？　まずいんじゃないですか？」

「つべこべ言うな。さっさとやれ。さもなくば、お前もクビにするぞ！」

クビという言葉を聞いて部下たちはハッとする。

「すぐ逃げればなんの問題もない。さあやれ！」

「……わ、わかりましたよ！」

隊員は次々にスキルを発動していく。エラソーの見立て通り、外側からの攻撃に対して結界はほとんど無力であった。最後の一撃はエラソーのスキルを込めた魔法剣であった。

「……よし、やったぞ！」

扉が開かれたのを見て、笑みを浮かべる。

「グァァあぁぁぁッ!!!!！」

中から地を這《は》うような低い呻き声が聞こえてきた。吐き気を催すような悪臭も立ち込め始める。

「何をしている、お前ら！　早く逃げるぞ!!　〝フィジカルバフ〟を掛けろ！」

エラソーたちはボスを見ることもせず、すぐさま逃げ出すのであった。

（ふひひ、これでアイツも終わりだな……）

◇◆◇◆◇◆◇◆◇◆

「……えっと、こっちはちょっとモンスターが多いか」

アルトは、探索スキルを常に複数並行で走らせ、なるべく敵の少ないルートを選びながら進んでいた。今回の目的はモンスターではなく宝箱だ。クエスト達成を最優先に考え、余計なモンスターと戦うのは得策《とくさく》ではないと判断したのだ。

鉱山ダンジョンは、迷宮ダンジョンほどではないにせよ、かなり複雑に入り組んでいる。アルトは事前に受け取っていたマップと探索結果を照らし合わせながら進んでいく。

「この分かれ道……右のモンスターは迂回《うかい》して回避するとして……よし、目的地は近そうだ」

アルトは左の道に入ろうとする。

だが、その時だ。

【――警告。この先にSランクのモンスターがいます】

探索結果が通知される。

「……Sランク……!?」

Sランクは、一流の戦士である騎士でもそう簡単には倒せない。

（いくらオート・マジックの力があるとはいえ、クエストと関係のないSランクを相手にするのはリスクが大きすぎる……）

アルトは瞬時にそれを理解し、進行方向を改める。

「こっちだな」

アルトは、Sランクモンスターと遭遇しないようにルートに入る。

「万一魔力に気付かれて追われたとしても、一六倍の〝フィジカルバフ〟があれば逃げきれるだろう」

アルトは迷いなく、道を進み始める。

――アルトの探索能力を舐《な》めきっていたエラソーの当てが外れた瞬間であった。

◇◆◇◆◇◆◇◆◇◆

封印が無くなり自由の身となったボスは、重たい体を持ち上げてゆっくりと歩き出す。

懸命に逃げるエラソー等《ら》であったが、ボスはそちらには見向きもせず――強大な力を持つアルトの方へと向かっていく。

しかしこのボスは鈍足《どんそく》の部類であり、アルトの移動スピードに追いつくことはなかった。アルトは追われていることにも気付かないまま、無事にクエストを終えてダンジョンを後にする。

だが、クエストが終了したかどうかなどボスにとっては何の関係もない話だ。街に戻るアルトに引き寄せられるようにして、ボスも鉱山の外へと向かっていくのだった――。

◇◆◇◆◇◆◇◆◇◆

Aランクダンジョンの最奥部まで到達し、見事にクエストを成功させたアルト。ダンジョンからは早々に撤収《てっしゅう》し、鉱山のふもとにある街に戻ってくる。

既に日が暮れかけていたので、アルトはそのまま街の宿に泊まることにした。

「ようやくここまで来たんだな」

アルトはしみじみと思う。

――魔法適性なし。ノースキルの烙印《らくいん》を押されてから、早三年。

文字通り寝ている間も含めて三年間ずっとコツコツ経験値を貯めてきた結果、ついに騎士選抜試験への挑戦権を得られたのだ。

簡単な道のりではなかった。ギルドではバカにされ続け、増え続ける業務に体力的な余裕は生まれず、寸暇を惜しんで座学に励む。楽しいことなどほとんどなかったと言っていい。

アルトは服の上からペンダントを撫でる。

「本当に良かった……」

――三年前のあの日のことを思い出す。

『わたしは一足先にスタートラインに向かうだけ』

リリィの表情が頭の中で蘇《よみがえ》るようであった。

幼馴染のリリィと交わした約束。アルトもなんとか追いつくことができそうだった。

選抜試験に合格すれば、晴れて騎士になれるのだ。

「魔法適性ほぼゼロのノースキルと蔑《さげす》まれた俺でも……騎士になれるんだ……」

そう思ったら、だんだん心臓が高鳴ってきた。

「試験に向けて、さらに頑張らないとな」

アルトはいつも通り経験値を得るために、自分に強化魔法を掛け続けるテキストを発動する。

それから、腹ごしらえをしようと街へと繰り出した。

――その瞬間。

突然鳴り響く鐘《かね》の音。

何度も、何度も、割れんばかりの金属音が夕闇を切り裂くように繰り返し街にとどろいた。

「な、なんだ？」

驚いて辺りを見回すと、街の外につながる道を馬に乗った男が走ってきた。

「大変だ！　鉱山からボスが降りてきた!!　みんな逃げろ!!」

その言葉に、街の人々は大混乱に陥《おちい》った。

「ぼ、ボスってあの封印されてた!?」

「A級の冒険者が束になっても敵わなかったってあれだろ!?」

「それはまじでやべぇって!!」

それを聞いたアルトは鉱山でのことを思い出す。

「……もしかして、あのSランクモンスター！」

探索に引っかかったSランクモンスターとの会敵《かいてき》を避けたことを思い出す。

「もしかして俺がダンジョンを〝荒らした〟から外に出てきたのか？」

だとしたら最悪だ。

アルトは人の流れに逆らって走り出す。その先には鉱山がある。

街を出てからそんなに離れていない場所。

そこでは既に戦いが始まっていた。

「あれは――ドラゴンゾンビ!?」

穴が開いた翼に、腐臭《ふしゅう》を放つ肉体。その朽ちた巨体は、強大な魔力を纏《まと》って圧倒的存在感を示していた。

かつて冒険者たちが倒しきれなかった理由がよくわかる。

――朽ち果てているが故に、死なないのだ。

そして、現代の冒険者たちも、それを今まさに実感していた。

「〝ドラゴン・ブレス〟！」

「〝アイスランス・レイン〟！」

街の冒険者たちが次々と、上級スキルを撃ち込む。

動きの鈍いドラゴンゾンビは、特別避けるようなこともなく、それらの攻撃を全て体に浴びる。

目に見えてドラゴンゾンビの肉は削れている。

だが、破損した肉体はすぐに元の形を取り戻してしまう。その回復速度たるや、まさしく不死身と呼ばれるにふさわしい。

「くそ、どうすればいい!?」

「全然歯が立たないぞ!!」

冒険者たちが口々に言う。

その場に集まっていたのは、街の有力な冒険者たちばかりだった。上級スキルが息つく暇もなく次々に連打されていく光景が、彼らの優秀さを物語っている。

だがドラゴンゾンビが相手では、彼らの自慢《じまん》のスキルも意味をなさない。

――ドラゴンゾンビは腐りかけた足で、ゆっくりと、だが決して止まることなく進んでいく。

このままでは、街に着くまで半刻も持たない。

「――〈ファイヤー・ボール16〉!!」

アルトも冒険者たちの戦列に加わると、自身が持っている最高レベルの技を叩き出した。

一六倍に膨れ上がった火球がまっすぐドラゴンゾンビへと向かっていく。

「グァァァッ!!!!」

悲鳴を上げるドラゴンゾンビ。しかし、どれだけ大きく与えたダメージであっても、その直後に回復してしまう。

「くそ！　全然効きやしねぇ!!」

周りの冒険者たちも諦めずに次々とスキルを放っていくが、ドラゴンゾンビの足を止めることはできなかった。

このままドラゴンゾンビの侵攻を止めることはできないのではないか、誰もがそう思った時、戦場に一人の騎士が現れた。

この街の警備を統括する男である。

その姿を見た冒険者は状況を捲《まく》し立てる。

「騎士様!!　我々の攻撃が一切通用しません!!　あらゆるスキルを試していますが、ダメージを受けた端から全て元通りになってしまうのです！」

冒険者たちの言葉に、騎士が頷く。

「それがドラゴンゾンビの特徴であり、奴をSランクたらしめる要因だ」

「ではどうすれば……」

「中央の学者によれば、アイツの胴体には七つのコアがある。それを同時に全て砕かなければならない」

騎士は既にこのSランクモンスターを倒す術を心得ていた。

だが、方法をわかっていても、それを実現できるかどうかは別の問題だ。

「な、七つ同時に⁉　そんな、無理ですよ‼」

あれだけの巨体の中に散らばったコアを、七つ同時に消し去るというのは至難《しなん》の技であった。

人間が同時に発動できるスキルの数は魔法回路の数で決まっている。

二つの魔法回路を持つ者は二つ。

三つの魔法回路を持つ者は三つ。

しかし、七つもの魔法回路を持つ者は例外中の例外。ごく稀な存在であった。騎士になるような優秀な人材でも、多くて魔法回路は六つ。それが相場であった。

つまり、七つ同時にスキルを放つには、複数人での協力が必要不可欠になる。

しかし、人によって詠唱や技自体のスピードが異なるため、全く同時にスキルを直撃させるのは非常に難しい。

「確かに無理に思えるかもしれない。でもやるしかない！　協力してくれ‼」

騎士が先頭に立ち、高位の鑑定でコアの位置をあぶり出す。

そして数いる冒険者の中で最も高位のスキルを使っていた人物に、指示を出す。

「私は魔法回路を五つ持っている。だから君は二箇所。具体的には右肩、あと左翼の付け根に攻撃を撃ち込んでくれ！」

「わ、わかりました！」

騎士はタイミングを合わせるべく細かな指示を出していく。

準備が整うと、騎士と男が同時に詠唱を行う。

「〝ファイヤー・ランス〟！」

「〝ファイヤー・ランス〟！」

即席のペアとは思えないほどに息は合っており、滑り出しは順調だった。

そのままドラゴンゾンビの巨体に同時に炎槍が撃ち込まれる。少なくともアルトの目にはそう見えた。

だが――。

「ダメだ、コアは破壊できていない」

鑑定結果でコアの存在を確認する騎士。

さらにもう一度同時攻撃を敢行するが、結果は同じだった。

「肉や皮の厚さがまちまちだから、同時に当たってもダメなんだ」

――つまり。

「……外面を破ってコアを露出《ろしゅつ》させてからでないとダメなのか……!?」

ただし、コアを露出させることに成功したとしても、ドラゴンゾンビの不死身の巨体に開いた穴は数秒のうちにすぐに塞がってしまう。

つまり、七発の攻撃を一度に的中させることで全てのコアを露出させ、立て続けに七発の同時攻撃を食らわせなければならない。

「……他の冒険者たちも力を貸してくれ!!」

騎士の声掛けにより人数を増やし、三度目となる同時攻撃を実行する。

けれど、人数が増えると今度は攻撃が揃わない。

「くそッ――どうすれば！」

戦闘のエリートである騎士でさえ、もはや打つ手がない。万事休《ばんじきゅう》す、そう誰もが思った時である。

「あの！　俺にやらせてください!!」

そこで名乗り出たのは――他でもないアルトだった。

騎士らがドラゴンゾンビ相手に悪戦苦闘している間、アルトはテキストを書き上げていたのだ。

「魔法回路をたくさん持っているのか？」

騎士の問いかけにアルトは首を横に振る。

「いいえ、魔法回路は一個しか持ってません」

「一個だと!?　それでは話にならないじゃないか！」

「でも、俺は七発同時にスキルを撃てるんです！　一度だけで構いません、試させてください!!」

アルトの真剣な眼差しを、騎士は正面から受け止める。

騎士の常識に照らして考えれば、魔力回路を一つしか持たない〝ノースキル〟がこの戦いの役に立つとは到底思えなかった。

しかし、とてつもない威圧感を放つ怪物を目の前にしながら一向に怯えた様子を見せない目の前の少年が、根拠《こんきょ》もなくそう言っているようにも見えなかった。

「いいだろう。やってみよう」

騎士と並ぶアルトは、心の中で祈る。

（――頼む、俺のオート・マジック！）

「私たちが奴の肉を裂く。露出したコアを君が狙ってくれ」

騎士たちとの共同戦線。

アルトに課された任務は、ドラゴンゾンビの中に埋まる七つのコアを同時に破壊すること。

タイミングと位置、どちらか一方がほんの僅かでもズレてしまえば、ドラゴンゾンビに回復の隙を与えてしまうことになる。

ドラゴンゾンビは街の目前まで迫っていた。失敗はできない。

「いくぞ――〝ファイヤー・ランス〟！」

まずは騎士たちが、ドラゴンゾンビに総攻撃を浴びせる。

攻撃はほぼ同時に撃ち込まれ、コアが一瞬露出する。

それがアルトに与えられた刹那《せつな》のチャンス。

「――起動、〈ファイヤー・ボール7〉!!」

アルトがそう唱えると、先ほど書いたばかりのテキストが起動され、スキルが発動する。

空中に、全く同時に七つの火球が出現した。

「――本当に七発同時だと?!」

周りの人々が驚きの声を上げた。

七発の同時発動が可能な者など滅多に存在しない。あまつさえ、魔法回路が一つであるなどとのたまった人間に可能な芸当ではない。それが世間一般の常識だった。

しかし、アルトは七つの〝ファイヤー・ボール〟を同時に発動して見せていた。

周囲の驚きなどよそに、アルトは凄まじく集中していた。

七つの〝ファイヤー・ボール〟を完璧に同時に当てる。しかも標的は動き続けている。そうなれば軌道の制御は一筋縄《ひとすじなわ》ではいかない。

ここ数日、休まずに練習した成果を発揮する時であった。

アルトの放った七つの〝ファイヤー・ボール〟は勢いよく飛んでいく。

日が暮れた暗闇に、眩《まばゆ》い光を放つ火球の軌跡《きせき》が美しい曲線を描く。

誰もが息をのんで見守った。

そして〝ファイヤー・ボール〟がコアにたどり着いた瞬間、これまでのコア破壊の時とは異なる閃光《せんこう》が辺りを照らした。

七つのコアを同時に撃ち抜いたのだ。

「グァァアァァアァアア!!!!!!!!!!」

既に腐っているその巨体を維持するには大量の魔力が必要である。その供給元であるコアが破壊されれば、必然、動くことはおろか体の形すら保てなくなる。

ドラゴンゾンビはその場に倒れ込み、体を崩壊させていく。

「……やった！」

アルトはそれを見て思わずそうつぶやいた。

そんなアルトを見て、騎士は唖然《あぜん》としていた。

「ま、まさか、本当にやるとは！」

騎士やAランク冒険者たちにできなかったことを、アルトがたった一人で、しかもたった一度の挑戦で成功させてしまったのである。

見ていた者からすれば、これはもう奇跡に等しかった。

「すごすぎる……」

「スキルを七発同時に発動するなんて初めて見たぞ」

「正確性も尋常《じんじょう》じゃないぞ。寸分違《すんぶんたが》わず全部的中だ」

周りの冒険者たちも次々に声を上げる。

集中を切らしたアルトは、何やら周囲の視線が自分に向けられていることにたじろぐ。

「――私たちだけではどうにもならなかった。あなたのご協力に感謝します」

「あ、いえ……そんな」

「今さらながらお名前はなんと？」

「あ、アルトと申します」

「アルト……！　どこかで聞いた名だが……」

「思い出した！　あんた、ついこの前、決闘をしていたヤツだ！」

冒険者の中に公開決闘を見に来ていた人物がいたようであった。

一方、街の護衛を司《つかさど》っていたこの騎士は公開決闘の警備任務からは外されていたため、詳細な情報が入ってきていなかった。

だが、冒険者の言葉で得心《とくしん》する。

「噂《うわさ》には聞いていたが、宮廷の推薦を受けて選抜試験に参加するという！　なるほど、あの神業《かみわざ》は確かに騎士にふさわしい。圧倒的集中力による制御力もすごいが、何より七発同時発動はほとんどの騎士にもできないことだ」

アルトは内心、本当は一六発同時に放てるんだけどな、と思ったが、それを表に出すことはなかった。

「街の英雄の誕生だ！　彼を囲んで乾杯しよう！」

どこかで冒険者が声を上げると、周りの者たちは自然とそれに同意した。

こうして街ではお祭りが始まるのだった。

◇◆◇◆◇◆◇◆◇◆

アルトがSランクのボスを倒した翌日。

王宮の一室。

「アルトさんに与えた任務はどうなりました？」

王女シャーロットは、部下の騎士にそう尋ねた。

「それが王女様……」

「まさか、失敗したのですか？」

「いえ。その逆です。報告によれば、見事に成功させたばかりか、なんと封印されていたSランクボスを倒したそうです」

「……なんと！」

「任務に当たった騎士からは、実力はもちろんですが、胆力《たんりょく》、集中力、協調性も見事であり、ぜひ騎士として戦を共にしたい人材であると報告が上がってきています。やはり逸材中の逸材と言えるでしょう」

シャーロットは自分が褒められたように顔を綻《ほころ》ばせた。

「さすがです。アルトさんには絶対に騎士になってもらわねば」

「ええ、仰る通りです」

「……王宮内に不穏な動きがある今、少しでも味方は多い方がいい。まして彼のような優秀な人材であれば尚のことです」

「心得ております、王女様」

「頼みましたよ」

「はい。……それから、不穏な動きといえば、実は彼が倒したボスなのですが」

「何かあるのですか」

「もともとこのボスには永久封印が掛けられておりまして……、これを解いたのはアルトさんではないというのです」

「つまり、別の誰かが封印を解いたと」

「はい、強力な封印ですから自然に解けることはないでしょう。何者かによる封印解除によって街に襲来したところをアルトさんが倒したということになります」

「封印から時間が経ち、人々の記憶からも風化しつつあった存在。それが、アルトさんがダンジョンに挑戦するとなったそのタイミングで突然解放された。まず間違いなくアルトさんを妨害する意図があってのことですね」

「私もそう思います。現在調べているところですが、すぐに犯人は見つかるかと」

「では調査も引き続き頼みます」

◇◆◇◆◇◆◇◆◇◆

ボスの封印を解いたエラソーは、逃げ帰るなりギルマスに報告を入れた。その時のギルマスの顔がエラソーの気持ちを軽くした。これまでの失態が許されたのだ。

その後、エラソーは部下たちと共に酒に酔いしれていた。

Sランクボスにアルトが太刀打ちできるはずもないと考え安心しきっていた。

「アイツが失敗したら、今度こそ俺が騎士になるんだ！」

盃《さかずき》を掲《かか》げながら部下たちにそう豪語《ごうご》する。

だが、そんな幸せな時間が長く続くわけもなかった。

「おい、エラソーはどこだ!?」

突然、エラソーの前に現れたのは王宮の憲兵《けんぺい》だった。

「な、なんですか!?」

エラソーは突然の出来事に目を見開く。

憲兵たちはエラソーの両脇から腕を摘んで無理やり立たせる。

「Sランクボスを解放し、街を危険に晒した罪で逮捕する」

逮捕という言葉を聞いて、顔面蒼白になるエラソー。

「ままま、待ってください!!　お、俺は関係ないです!!」

「調べはついている。ギルドでお前の剣を鑑定したところ鉱山で結界を破った証拠が見つかったのだ。お前の部下からの証言もある、もう言い逃れはできないぞ」

「部下からの証言だとぉ!?」

この期に及んでもエラソーは部下をギロリと睨みつけた。

だが、憲兵はエラソーを引く力を強める。

「おい！　早くしろ！」

「そ、そんな!!　俺は無実です!!」

「ええい、黙れ！　とにかく連れていけ!!」

憲兵に引きずられていくエラソーであった。


「エラソーは、二〇年の鉱山労働に処《しょ》す」

「そ、そんな!!」

エラソーはギルドマスター諸共《もろとも》逮捕された。今回の件だけでなく、王宮への賄賂《わいろ》や、部下への常軌を逸したパワハラなど、いくつもの罪に問われた結果、二人とも鉱山送りが決定する。

「お、おのれ!!　覚えていろよ!!」

エラソーと同じく、鉱山送りが決まったギルマスは、裁判官にそう吐き捨てた。

しかし、もはや彼にかつてのような権力はなかった。

「こいつらを鉱山に連れていけ！」

裁判長が憲兵に命じる。

「ま、待ってくれーッ!!」

エラソーはそう喚き立てるが、無理やり連れていかれる。

一方ギルマスは終始怒りで表情を歪めていた。

「お、お前！　許さないぞ!!」

事件の関係者として裁判を傍聴《ぼうちょう》していたアルトを睨みつけて、そう言いながら連れていかれる。

そんな元上司たちを見て、アルトは独りごちるのであった。

「……やっぱり悪いことすると、つけが回ってくるってことだな。コスパ悪い」

◇◆◇◆◇◆◇◆◇◆

「――アルトさん、暴走したボスから街を救ってくださってありがとうございます」

アルトは王宮の一室に呼び出されていた。

そこで待っていたのはシャーロット王女であった。

「騎士でも勝てなかった相手をアルトさんが一撃で倒したと聞いています。そのお力は既に騎士レベルを超えていますね」

「いえ、そんな……。あくまで皆さんと協力して戦ったので」

「謙虚なところも素晴らしいです。まさしく理想の騎士像です」

「もったいないお言葉、ありがとうございます」

「お伝えするまでもないかとは思いますが、今回のクエスト達成、そして街を救ってくださった功績により、正式に騎士選抜試験の受験が認められることになりました」

シャーロットがまっすぐにアルトを見つめる。

「受けてくださいますよね？」

「……もちろんです!!」

「それは良かったです。アルトさんなら試験も問題なくパスできるかと思います。騎士になった暁には、ぜひ私の下で力を貸していただきたいと思っていますから、良い成績で合格してくれるのを期待しています。頑張ってくださいね」

アルトはシャーロットの言葉に、改めて背筋を伸ばす。

「身に余る光栄です。期待に添えるよう、頑張ります！」

アルトが部屋を去った後、王女は配下の騎士に語りかける。

「――最近、王子派閥の不穏な動きを感じます」

「ええ。どうやら、ボーン伯爵家も取り込んだようです。我々がアルトさんを味方にしようとしていることは既に知られています。おそらくは試験への妨害もあるでしょう」

「そうかもしれません」

「では、試験への警戒を強化しておきますか？」

「いえ、通常通りの体制で問題ありません。騎士選抜試験は世間の注目度も高いので、いくら妨害をするといっても表立って派手なことはできないはずです。それに、アルトさんは普通ではないぐらいに強い。ちょっとやそっとの妨害など軽々はねのけてくれると期待しています。逆に、それぐらいやってくれてこそ、です」

王女は自分の命を救ってくれた少年の姿を思い浮かべて目を輝かせるのだった。

■第二章　騎士選抜試験編

――アルトは少ない荷物をまとめて、王立騎士学校へと向かった。

騎士選抜試験は一ヶ月にわたって行われる。

その間はアルトも騎士学校の生徒と同じ扱いになる。試験の合間に行われる授業を通して、実技以外の騎士に必要な素養《そよう》も学ぶのだ。

学校は王都から少し離れた街にあり、試験期間中はそこの寮に住み込むことに決まっていた。

「ここが王立騎士学校……」

アルトは広い敷地と、威厳を感じさせる建物に圧倒される。

ここでは国中から集まったエリートたちがしのぎを削っているはずだ。

彼らを超えなければ、騎士になることはできない。

「――まぁ、できることをやろう。いつも通り、粛々《しゅくしゅく》とコスパ良く」

そう決意を込めて、敷地への一歩目を踏み入れた。


アルトは事前に渡されていた書面に従って闘技場へ向かった。そこでは選抜試験の説明を受けることになっていた。

闘技場には既に王立騎士学校の生徒たちが集まっていた。その数は四〇人ほどだろうか。

王立騎士学校に入学したからといって、誰でも騎士になれるわけではない。

一年に一度、三年次の中頃に行われる騎士選抜試験。だが、多くの人間は試験を通過できず、騎士になれないままに卒業していく。

一部の限られた人間だけが通うことのできる騎士学校であるため、その卒業の肩書があれば一生食いっぱぐれることはない。

とはいえ、ここに集まっている人間は騎士になるために集まった選《え》りすぐりのエリートたちだ。もし騎士になることができなければ、一生その負い目を背負って生きていくことになる。

そんな面々をアルトはざっと見渡す。

（当たり前だけど知らない人ばかりだな……）

学期の途中で編入したリリィは、順調に進級していれば既に卒業している。つまりリリィの一年後追いでアルトも同じ試験を受けるのだ。そう思うと胸に熱いものが込み上げる。

その一方で、アルトは居心地の悪さも感じていた。チラチラと向けられる視線は一つや二つではなく、気にするなと言う方が無理であった。

アルトは推薦によって選抜試験の受験を許された〝外部受験〟組である。

外部受験自体が相当珍しいので、知り合いが誰一人いないのはアルトだけである。

三年近くも一緒に学んできた仲間同士、既に友達の輪はできあがっている。その輪に自分から入っていけるほどの社交性をアルトは持ち合わせていなかった。なのでアルトはおとなしく、生徒たちから少し離れたところで手持ち無沙汰にする。

しかし、やはり一緒に授業を受けてきた生徒たちの中に知らない人間が一人いると、どうしても悪目立ちするようだった。

「おい、お前！」

話しかけてきた少年は、いかにも貴族の子息といった風貌《ふうぼう》だった。

金髪のオールバックで、目つきが悪く、傲慢《ごうまん》さが顔つきに表れている。

「僕はボン・ボーン。あの名門ボーン伯爵《はくしゃく》家の跡取りだ」

「……俺はアルトだけど」

名乗られたので一応礼儀として名乗り返すアルト。

「アルト、か。じゃぁ、お前が噂のコネ野郎だな！」

ボンはアルトに対して明らかに高圧的に話しかけてくる。

アルトはその態度に対して、怒りというより、あきれの感情を抱いた。

「見たところ大した装備も持ってないようだし、お前みたいなパッとしない奴が、どんな汚い手を使って推薦を受けたのか気になるな」

「……は、はぁ」

アルトは悪意を持って接してくる人間に怒りの感情を持つことはなかった。変に相手にする方が疲れるだけで、その割に得るものはない。だから適当に流しておくのが一番良い。これはアルトがブラック冒険者ギルドで培った処世術《しょせいじゅつ》の一つであった。

だがそんな薄い反応など気にも留めないボンは続ける。

「僕は相手の実力を鑑定するのが得意でね。お前の魔法適性も見てやるよ！」

そう言うと、ボンは勝手にアルトに鑑定のスキルを使う。

確かに、適正の儀によって魔法に目覚めた後であれば、中位の鑑定魔法で他人の魔法適性を見ることは可能であったが、それを無断で実行するのはマナー違反とされている。

だが、普段からやりたい放題のボンはそんなマナーなどお構いなしであった。

「……魔法回路は……ぷっ!!　おいおいおい、まさか、魔法回路1って!!　嘘だろ、雑魚《ざこ》すぎる!!」

ボンは腹を抱えて笑い始めた。

「魔法回路一つじゃ、結界を張ったらそれで終わりじゃねぇか!!　それでどうやって攻撃するんだよ!!」

するとボンの取り巻きの生徒たちも一緒に笑い始めた。

「捨て身で結界張らずに戦うんじゃね？　平民らしく貴族様の盾になります、みたいな」

「ははは、マジで魔法回路1とか存在したんだな！」

アルトは基本的には無視することに決めていた。時間が来れば教師が来て強制的に終了するだろうと思ったのである。

だが、問題は肝心《かんじん》の教師がなかなか来ないことだった。

「魔法回路たった一つで騎士になろうなんて無理に決まってんだろ！　いいか、騎士ってのは僕みたいな人間がなるんだよ。あれを見ておけ」

ボンが示した先には、スキルの射撃練習用のカカシがずらっと二〇体ほど並んでいた。

「〝ファイヤー・ボール〟！」

——すると、ボンの手から五つ同時に炎の玉が出た。

それらは全てカカシに命中し、結界にダメージを与えたことで黄色い光が散った。

「さすがボン様!! 五つもの魔法回路を同時に使いこなされています！」

「精度もお見事！ 全て的中です!!」

取り巻きがそう褒めたたえると、ボンはアルトに向き直って「見たか」とでも言いたげな表情を浮かべる。

「これが騎士になる人間の力だ。お前みたいに結界一つ維持するのが精一杯の奴に、騎士なんて務まるわけがないだろう？」

アルトはボンに驚いていた。

ボンが五つ同時にスキルを発動したことに対してではない。

ボンが威張っていることに驚いたのだ。

（五つ〝ファイヤー・ボール〟を出して、全て命中させる程度で自慢できるのか？）

それがアルトの正直な感想だった。

確かに魔法回路を一つしか持っていないアルトに比べれば、それを五つ持っていることはすごい。

だが、魔法回路が一つであっても、〝ファイヤー・ボール〟を五つ出すくらいアルトにだって簡単にできることだった。

（……もしかして、俺の力でも結構やれるのか？）

王女様に『アルトさんなら試験も問題ない』と言われたが、アルトは信じていなかった。きっとお世辞《せじ》だろうと思っていたのだ。

だが、ボンいわく〝ファイヤー・ボール〟を五つ出すような人間が騎士になれるらしいのだ。

「おい、何黙りこくってんだよ！　お前がコネ野郎じゃねぇって言うんなら、それを証明してみろよ」

ボンがそう迫ってくる。いくら無視してもしつこく絡《から》んでくるボンに、アルトは仕方ないと小さな溜息をつく。

「……あのカカシをいくらか倒せばいいのか？」

「できるもんならな。魔法回路一つでどうやって戦うのか、見せてみろよ」

アルトは少し考えて、その誘いに乗ることにした。これ以上無視を決め込んで取っ組み合いになるよりは、おとなしく従った方が楽だと思ったのだ。

アルトはカカシに向き直り、手をかざす。

そしてオート・マジックに登録していたテキストを起動する。

「∧ファイヤー・ボール16∨起動」

――と、次の瞬間。

その場にいた生徒たちから一斉にどよめきの声が上がった。

「なな、なんだと⁉」

アルトの前方に一六個の〝ファイヤー・ボール〟が全く同時に現れた。

「い、いくつあるんだ!?」

生成された〝ファイヤー・ボール〟はカカシに向かって全く同時に発射され、全てカカシの心臓に命中する。

ダメージを受けたカカシの数を慌てて確認するボン。

「ば、馬鹿な!? じゅじゅ、一六個同時だと!?」

ボンは腰を抜かしそうになる。

騎士学校の生徒であれば、〝ファイヤー・ボール〟を一六個〝連続〟で発動するくらいは誰でもできるだろう。

だが、〝全く同時〟に一六個発動するとなると話は大きく変わってくる。

魔法回路の数が、同時に発動できるスキルの数。魔法回路が一つしかないことは、ボンの鑑定によってその場の全員が知っていた。

だから、オート・マジックというユニークスキルの存在を知らない生徒たちにとって、目の前で起きた現象はさながら心霊現象を見ているようだった。

「お、お前、どうなってんだ。どんなズルを使ったんだ?」

「別にズルとかはしてないけど」

「馬鹿言え! ズルなしであんなことできるわけねぇだろ!?」

「そうかな……」

（まぁ、強いて言えばユニークスキルがズルか？）

アルトは内心で思ったが、説明する義理もない。

「てめぇ、魔法回路1の雑魚平民のくせに生意気なッ!!」

ボンは歯を剥き出しにして今にも飛び掛からんとする勢いであったが、すんでのところで問題は起きずに済んだ。

「――騒がしいな」

突如、厳《おごそ》かな声が闘技場に響いたのだ。

アルトとボンのスキル対決に沸いていた闘技場であったが、その一言で空気がガラッと変わった。

現れたのは一人の男。黒髪で、年齢は三〇代中頃といったところか。特別若い印象も老けた印象もない。

だが圧倒的に落ち着き払っている。静まり返っていると言うべきかもしれない。

先ほどまで騒いでいた生徒たちも一斉に口を閉じた。

「私は今期の選抜課程試験官を拝命したアーサーだ」

教官が名乗ると、生徒たちは思わず息をのんだ。

「まじかよ。あのアーサー隊長？」

「史上最年少で隊長になった〈鬼才〉だろ？」

後ろの方で生徒たちがつぶやいた。

アルトは彼のことを知らなかったが、どうやら騎士の世界では有名人らしい。

「さて、早速だが。騎士試験について説明する」

アーサーがそう言うと、生徒たちはつばを飲み込み、聞き逃すまいと集中する。

「試験は個人戦、単独ダンジョン攻略、そしてチーム戦の三回ある。その中で、私が水準に達していると思えばエンブレムを渡す」

それはアルトが王女から事前に聞いていた通りの内容だった。

「試験と同じくエンブレムも全部で三つ。努力のエンブレム、対応力のエンブレム、そしてチーム力のエンブレムだ。すなわち、基本的には三つの試験でそれぞれ一つずつ集めていけば、それで事足りる。例外的に一つの試験で力を認められれば、複数のエンブレムを出すこともある。もっとも、最後の試験だけ頑張って一気に三つエンブレムを取ろうなどという者にエンブレムが獲得できるのかは、少し考えてもらえばわかるはずだ。一つ目の試験で頑張れない者が次の試験で頑張れる可能性などほとんどないのだからな」

騎士の中でもとびぬけてエリートらしい人物に認めてもらう必要がある。アルトは簡単ではないなと改めて認識する。

「最初の試験は一週間後に執り行う。個人戦では君たちにお互いに戦ってもらう。対戦の組み合せは当日発表する。それでは今日は以上だ。解散」

◇◆◇◆◇◆◇◆◇◆

アルトが騎士選抜試験の説明を受けていた同日。

王宮のある部屋では二人の男が話をしていた。

「計画は着々と進んでおります、王子様」

「それは何よりだ、ボーン伯爵。貴殿の活躍には期待している」

「はい、王子様。しかし気になるのは王女様の動向です。ご存じの通り、騎士選抜試験に無名の冒険者を推薦したところを見ると、仲間を増やそうとしているに違いありません」

「まだ騎士にすらなっていないような取るに足りない存在が一人仲間に加わったところで、頓挫するような計画なのか？」

「いえ、滅相《めっそう》もございません」

「ふん、そうでなければ困る。だが、わざわざ推薦をするほどには肝入りの人物だ。予《あらかじ》め潰しておくに越したことはないだろうな」

「仰せのままに。我が息子ボンが同時に試験を受けておりますので、ご安心ください。まずは第一試験の結果にご期待いただきたく存じます」

「期待しているぞ。良い働きをした暁には貴殿の息子も我が陣営に加えようではないか」

「……ありがたき幸せ！」

「状況は逐一ワイロー大臣に報告するように」

「かしこまりました」

◇◆◇◆◇◆◇◆◇◆

騎士学校にやってきて一週間。

とうとう最初の試験の日を迎える。

アルトはその日まで、オート・マジックの力を借りて文字通り〝常に〟修行を続けていた。加えて、授業はその道のプロに質問をすることができ独学よりも効率的であったし、空き時間は訓練場を使い放題であるため森に籠って修行するよりも応用的な訓練が可能であった。

その弛《たゆ》まぬ努力もあって、久しぶりに火炎魔法のレベルが上がり、試験に臨むには万全の状態だった。

アルトは朝食を食べてから、試験会場となる闘技場へと向かった。

（う、すごい人の数だな）

闘技場は決闘場よりも数倍大きな造りになっている。それでも観客席に空席はなく、飲食物が提供されていることも相俟《あいま》って、ちょっとしたお祭り状態だった。

そんな観客席の一角、他とは明らかに雰囲気の異なるエリアがある。そこに座っているのは現役の騎士や役人たちだ。彼らには、来年自分の組織に引き入れる生徒の下見をするという目的があった。

アルトが騒がしい雰囲気に圧倒されていると、喧騒の中から澄んだ声が聞こえてきた。

「――アルト！」

その凛とした声は、アルトの耳にハッキリと届いた。

「リリィ！」

アルトが振り返ると、そこには幼馴染のリリィの姿があった。腰に剣を差し、ガウンの胸には騎士団の紋様が入っている。

「……騎士になれたんだ!!」

リリィは頷く。

「うん。ごめんね、受かってから訓練で忙しくて連絡できなくて」

「いや、全然いいんだ。本当におめでとう!!」

アルトは幼馴染の晴れ姿に胸が熱くなった。

「うん、ありがとう。アルトもついにここまで来たんだね」

「ああ。いろいろあって王女様からの推薦を受けられたんだ」

「実はアルトが来るってことは知っていたから、会えないかなって探していたの」

「知ってたのか!?」

「まあ将来の後輩くんをチェックするのは新人の役割なのさ！」

リリィは戯《おど》けて見せた後、真面目な顔に戻る。

「でも本当に良かった。試験に受かればアルトも騎士だもんね」

「ああ。頑張るよ」

そう言ってペンダントがある胸の辺りを拳で叩くアルト。

それを見てはにかむリリィ。

ふと、遠くからリリィの名前を呼ぶ声が聞こえてきた。

「あ……ごめん、これから会場の警備に入らなくちゃいけないから、行かなきゃ！　休みが取れたらまた話しに来るね」

「ああ、またな」

久しぶりの再会は、束の間であった。アルトは上司の元へと向かうリリィの背中をまっすぐに見つめ、決意を新たにする。

「そうか、やっぱりリリィは騎士になっていたんだな。俺も……頑張らないと」

そんな時間を邪魔するように、嫌な声がアルトの耳に入る。

「やぁ、アルト」

高めのトーンに反し、爽《さわ》やかさを一切感じさせない。どこまでも傲慢な響きをはらんだその声の主は、ボン・ボーン。

試験の説明日にアルトに因縁《いんねん》をつけてきた貴族の坊ちゃんである。

「どうも……」

アルトは機械的にそう返す。

「いやー知ってたかい？　今日の対戦、僕と君が当たっているみたいだ」

ボンの言葉で対戦相手を知るアルト。

組み合わせの発表は試合の直前だと思っていたが、もしかしたらどこかに対戦表が張り出されているのかもしれない、とアルトは思った。

「君がコネ野郎でないと証明するためにも今日はぜひ頑張ってくれ。もちろん、僕が負けることはないけどね」

（いったいどこから来るんだその自信は？）

アルトは内心首をかしげる。

――と、その時だ。

二人の会話に、一人の男が割り込んでくる。

「君がボン・ボーン君か」

初老の男。お世辞にも優しそうには見えない、目つきの鋭い男であった。

シルクの衣装に身を包んでおり、胸には王家を象徴《しょうちょう》するライオンのマーク。世間に疎《うと》いアルトでも、この男が国の高官であると一目でわかった。

「……！　これはこれは大臣！」

話しかけてきた初老の男はこの国の大臣、ワイロー公爵《こうしゃく》であった。

「私はワイロー。君の父上であるボーン伯爵の上司にあたる。彼は実に優秀な男でね、息子である君にも期待しているよ」

「そ、それは！　ありがとうございます!!」

ボンが勢いよく礼をしたところで、大臣は一瞬アルトの方を見る。

だが、それ以上は何も口にせず、その場を去っていった。

ワイローの姿が見えなくなった途端、ボンは胸を張る。

「見たか！　我がボーン家は、宮廷で信頼を得ているのさ。僕の父上はワイロー大臣に認められている。騎士学校でろくに学んだことのないお前は知らないだろうが、騎士というのはね、信頼が大事なんだ。その点、既に大臣の期待を背負っている僕は、お前なんかより遥かに騎士に近い存在なのさ！」

ボンこの上なく満足そうな表情を浮かべていた。

「は、はぁ……」

話をしていても何も得られるものはなさそうだ。

アルトは適当に相槌《あいづち》を打ちその場を離れようとしたが、そこにさらに別の人が声を掛けてくる。

その人物の顔を見て、ボンは目を大きく見開いた。

「おおお、王様⁉」

そこに立っていたのは——他でもないこの国の国王であった。

圧倒的な威厳を放つ男。冒険者としても通用しそうな、がっしりとした体格である。

その後ろには王女シャーロットの姿もあった。

ボンは先ほどまでの態度から一八〇度転換する。

「ここここ、これは王様！　お初にお目にかかります‼　わ、我がボーン家は代々王家に仕えておりまして、我が父も大臣に認められるほど……」

てっきり貴族の子弟である自分に話しかけていると思ったボンは自己紹介を始める。

だが、王はそんなボンに目もくれなかった。

「君がアルト君か。娘から話は聞いているよ。今日戦いぶりが見られるのを楽しみにしていたんだ」

「――へ？」

王様が、自分ではなくて、アルトに話しかけている。その事実に驚いたボンはきょとんとする。

今度は、後ろに控えていたシャーロットがアルトの手を取った。

「お、王女様……」

アルトは急に手を握られて視線を逸《そ》らす。

「私も、アルトさんの戦いぶり、楽しみにしています。また前みたいにカッコイイところを見せてくださいね」

「せ、精一杯頑張ります……！」

王と王女に囲まれてたじたじのアルト。

「それでは、頑張ってくれ」

そう言って観客席へと帰っていく王と王女。

「おおお、お前ごときに王様と王女様が……!?」

ボンはアルトが王様に声を掛けられたばかりか、将来の女王であるシャーロット王女に認められていると知って、驚きのあまり失神しそうになるのであった。

「――それでは試験を始める！」

闘技場に現れたアーサー隊長は、会場全体に向かってそう宣言した。

「最初に戦うのは――アルト。そしてボンだ」

初戦からアルトの出番であった。

アルトは気合を入れて、闘技場の中央へと向かう。

二〇メートルほど離れたところではボンがこちらに睨みを利かせている。

「この前は得体の知れないカラクリでちょっと多くの〝ファイヤー・ボール〟を見せただけでイキがっていたな」

ボンは吐き捨てるようにそう言った。

（俺は何も言っていないのに、自ら持ち出してくるあたり、こないだの〝僕は魔力回路五個使える〟事件が相当悔《くや》しいらしいな……）

「だが実戦ではこの僕が最強だと証明してやる！　秒殺だ!!」

そう言うとボンはチラッと観客席の方を見た。そこには彼を〝信頼している〟という大臣が座っていた。

「ルールは決闘方式だ。先に相手に一撃を食らわせた方が勝ち」

アーサー隊長が試験について改めて説明する。

そしてアルトとボンは身構える。

「では――試合始め！」

アーサーの掛け声で試合が始まった。

「死ねぇ!!　〝ドラゴン・ブレス〟！」

ボンはいきなり上級スキルを唱える。

平凡な冒険者は一生修行しても使えないような技である。

それに対して、アルトは、

「〈ファイヤー・ランス〉起動！」

三年間修行し続けた火炎魔法。先日のレベルアップでようやく中級スキルを使えるようになっていた。

「ふっ、バカめ！　中級スキルで僕の上級スキルに勝てるわけないだろうが！」

ボンはアルトの詠唱を聞いて、ニンマリと笑った。

――だが、アルトがかざした掌《てのひら》の前に現れた〝それ〟を見て、目の色を変える。

「ば、馬鹿な!!　〝ファイヤーランス・レイン〟!?」

アルトの前方には一六本の〝ファイヤー・ランス〟が出現していた。オート・マジックの〝同時発動〟の機能によって通常一本しか出せない〝ファイヤー・ランス〟が一六本同時に生み出されたのだ。

それはさながら火炎魔法の最上級スキルの一つである〝ファイヤーランス・レイン〟のようであった。

戯言《ざれごと》には耳を貸さず、アルトは粛々と〝ファイヤー・ランス〟を放つ。

ボンの〝ドラゴン・ブレス〟がそれを迎撃しようとするが、しかし威力も速度も段違いだった。

次の瞬間、数多の炎の槍《やり》によって〝ドラゴン・ブレス〟に蜂《はち》の巣状の穴が開く。形を保てなくなった火球が爆発を起こし、その爆風に巻き込まれたボンは宙に投げ出された。

その体は綺麗《きれい》な放物線を描き、そのまま草原に突き刺さる。

見事な〝秒殺〟であった。

観客たちは、騎士でもなんでもない少年が最上級スキルのようなものを放った事実にただただ驚愕していた。

「勝者、アルト」

アーサー隊長が冷静にそう告げた。

「ま、まじか……」

「ボーン家の跡取りが瞬殺されたぞ」

「てか、あの〝ファイヤー・ランス〟、なんだよ。最上級スキルみたいじゃねぇか」

観客席がざわざわする。

(あれ、さすがに本気だったらこんな一瞬で決着がつくわけないもんな……ボンの奴、油断してたのか？)

アルトは、騎士学校の生徒に圧勝した事実をそう受け止めていた。

「おおお、おのれッ!!」

やっとのことでボンは立ち上がり、ものすごい形相《ぎょうそう》でアルトを睨みながら歯を軋ませていた。

だが、いくら睨みつけても結果は変わらない。

アーサー隊長がアルトに歩み寄る。

「アルト、合格だ」

見ると、エンブレムが差し出されていた。

「たった一撃だったが、圧倒的な努力が伝わってきた。何十万回の試行の果てにたどり着いた一撃であるという説得力があった。素直に素晴らしい」

冷静で厳しそうに見えるアーサー隊長からいきなり絶賛の言葉が出て、アルトは一瞬驚く。

「あ、ありがとうございます……!!」

アルトが観客席の方に目をやると、会場警備に当たっていたリリィと視線が合った。彼女はとびきりの笑顔を弾けさせ、小さく両手でガッツポーズをして見せた。


無事一つ目のエンブレムを手に入れたアルトは、観客席の生徒用控えスペースに腰掛ける。

「……とりあえず、まず一つ」

試験では合計三つのエンブレムを手に入れる必要がある。その第一歩をクリアした安心感で気が抜け、全ての体重を背もたれに預けた。

「――次。ミア・ナイトレイ」

闘技場の中央に進み出たのは、〝騎士〟という言葉にはあまりに似つかわしくない、小柄な少女だった。

銀髪のショートカットに、青色に輝く瞳。

どこからどう見ても気弱そうな少女といった風貌だった。

「そしてグレゴリー・バーンズ」

（……うわ、大丈夫か？）

アルトは少女の対戦相手を見て思わず心の中でそう思った。

ミアという小柄な少女の相手は、狡猾そうな表情を浮かべた大男だった。

基本的に戦いのベースはスキルの撃ち合いになるため、体の大きさは直接の有利不利にはつながらない。頭ではそうわかっていても、小動物と猛獣の対面を見ているような、そんな感覚的な不安に駆られる。

「――それでは、試合、開始！」

二人の試合が始まった。

先に動いたのは大男のグレゴリーだった。

「〝サンド・ショット〟！」

男が言うと、地面から土の塊が浮いてきて、小さな弾丸を無数に作った。サイズで言えば〝ファイヤー・ボール〟よりもさらに小さい、俗に弾丸魔法と呼ばれているタイプのものだ。攻撃範囲や速度に優れている場合が多い。

それがミア目掛けて一気に飛んでいく。

量が多く、避けるのは不可能である。

「あ、〝アイス・ウォール〟！」

ミアはとっさに氷の壁を作り出し、砂の礫《つぶて》を防ぐ。透明な壁に無数のヒビが入るも、かろうじて貫通は免れた。

だが、グレゴリーの攻撃はそれでは終わらなかった。

「〝ストーン・ハンマー〟！」

今度は練り上げられた土が、空中で凝縮され巨大な槌《つち》に変わる。グレゴリーが手を振り下ろすと、ハンマーは勢いよくミアに向かって放たされた。

ヒビだらけだった氷の壁は脆《もろ》くも打ち砕かれる。

「あっ――！」

「〝サンド・ショット〟！」

そして三度、グレゴリーの攻撃がミアを襲う。

「あ、アイス――」

防御を図ろうとするが、グレゴリーの攻撃速度には追いつけなかった。

無数の砂粒が直撃したミアの体は、そのまま後ろに弾き飛ばされた。

勝負ありだ。

「勝者、グレゴリー・バーンズ」

――立ち上がったミアは、真一文字《まいちもんじ》に口を結んで俯いた。

「前評判通りだったな」

どこからか、知らない誰かの声がアルトの耳に流れてきた。

ミアの敗戦は一部の内情を知る人間からすると予想通りの結果だったようだ。

アルトは、とぼとぼ観客席に戻ってくるミアの姿をじっと見た。


それからしばらくし、全員が戦い終え、一つ目の試験が終了した。

試験後、闘技場に残されていた受験生たちは、アーサー隊長からの総評を受けていた。中には既に涙を流している者もいた。

勝てば必ずエンブレムを貰えるわけではない。そのためエンブレムを獲得できたのは全体の半分以下であった。

（ここから毎回この調子で不合格になったら、ほとんど騎士にはなれないな）

幸いアルトは一つ目のエンブレムを獲得できたが、決して油断はできない。アルトは気を引き締め直す。

「第二試験は二週間後だ。詳細は追って伝達する。本日は以上。解散！」

アーサーの言葉を受け、生徒たちは散り散りになる。

アルトは軽く試験会場を見回す。リリィが残っていたら少し話そうかと思ったのだ。しかし、警備任務は既に終了したようで、リリィの姿は見当たらなかった。

アルトは気持ちを切り替えて闘技場を後にした。

向かう先はただ一つ。

訓練場だ。

第二試験はダンジョン攻略。いくつものダンジョンに潜ってきた経験を持つアルトであるが、それ故にダンジョンでは不測の事態が容易に起こり得ることをよく知っていた。その不測の事態に備えるために、準備は怠るべきではない。

足早に訓練場に向かうと、なんとそこには先客がいた。

（確か……ミアさん……？）

彼女は、今日試験を受けていた生徒たちの中でも、特にアルトの記憶に残っていた。

アルトよりも早く訓練場に入っているということは、アーサー隊長の解散宣言の後、一切の迷いなく最短ルートで訓練場に直行していなければならない。

自分以外にもこんなに修行熱心な人物がいたことに驚くアルト。

うかうかしていられない、自分も修行を始めなければ、そう思って訓練場に踏み入れようとした時である。

「あいつ、落ちたのにまだ修行してるのか？」

「俺らみたいにすぐに卒業後のことに頭を切り替えられる利口な奴とは違うんだよ。いや、もしかするとこれ以降は記念受験ってやつじゃねぇか？　一生の思い出にな！　ははは!!」

「三年の中で成績最下位！　それなのに無駄に訓練ばっかしちゃってさ。笑えるよな」

「あれでよく騎士になろうなんて思ったよな」

どうやら彼女の同級生のようだ。わざと聞こえるような声量で馬鹿にしている。

その声がミアの耳にも届いていることは明らかであった。

しかし、ミアは懸命に修行を続けている。

「バカだから自分自身のこともよくわかってねえんだろうな」

「身の程を知れっていうんだよ。恥ずかしくねえのかな」


「――おい」


アルトは声を上げていた。

騎士学校内のいざこざに関われば、アルトが嫌う「面倒」が起きるだろうことはわかっていた。

しかし、アルトは珍しく感情的になっていた。

「恥ずかしいのはどっちだ」

「あぁ？　なんだと？」

適正の儀から三年間。アルトも目の前の少女と同じ言葉を掛けられ続けてきた。馬鹿にされ、蔑まれる。それでも折れることなくひたむきに修行を続ける。

それがどれだけ辛いことか。

自分がうまくスキルを使えないことなど、自分が一番よくわかっているのだ。わかっていて尚、彼女は諦めていないのだ。

「利口ぶって諦めたお前らと、試験直後にも関わらず一番に修行をしている彼女、恥ずかしいのはどっちかって聞いているんだ」

「随分でけえ口叩くじゃねえか。見ねぇ顔だな」

「まて、こいつ、外部受験じゃねえか？」

「外部受験だとぉ？」

「つまりこいつは宮廷からの推薦で……」

「……後ろ盾があるってことかよ」

状況を察した男は大きく舌打ちをする。

「そうでもなきゃ半殺しにしてやったのによ」

二人は悪態をつきながらアルトとは逆方向に歩き出し、やがて見えなくなった。

大事にならなかったことに、アルトは胸を撫で下ろした。

だが、今のやりとりを聞かれていたとしたら訓練場に二人という状況は少々やりづらい。今日はダンジョン攻略に関する座学にするか、とアルトも訓練場を後にしようとした。

その時だ。

「…………あ、あの！」

訓練場の中にいた少女に呼び止められる。

普段は気弱だが、今は勇気を振り絞って大きな声を出した、そんな感じのする声だった。

アルトが振り返ると、彼女が近くまで駆け寄ってくる。

「えっと……？」

「…………」

アルトの前まで来たミアは目を赤くしていた。

「ミアっていいます。さっきは、ありがとうございました」

「そんな、お礼を言われるほどのことじゃないよ」

「――今日の試合、見ました。私とほとんど変わらない歳《とし》なのにあんなに強くて……わたし、どうしたら強くなれますか？」

今にも泣き出してしまうのではないかと思うほど潤んだ瞳に、アルトはたじろぐ。

強くなれる方法を答えようにも、オート・マジックを常時発動しっぱなしにして経験値を積むなど、アルトにしかできないことだ。かといって、適当なことを言ってはぐらかしていい雰囲気でもない。彼女は真剣に悩んでいる。

「んー、まずはミアさんの実力を見ないことにはなんとも言えないけど……そうだな、例えば何か得意な魔法とかある？」

「えっと、その……得意っていうか、一番レベルが高いのは……ユニークスキルなんです」

「え、ユニークスキル？」

使用者が極端に少ないスキル系統、ユニークスキル。

アルトのオート・マジックもまさにユニークスキルの一つである。

「あの、……もし可能でしたら、炎を浮かべてもらえますか？」

ミアの指示に従い、アルトは自分のたった一つの魔法回路を使ってスキルを発動する。

「〝ファイヤー・ボール〟」

アルトの掌の上に炎が浮かぶ。

それを投げないでそのままにしておく。

すると、ミアはその火球を指差して詠唱する。

「〝ディスペル・ショット〟」

ミアの指先から小さな光が放たれた。

サイズからして〝サンド・ショット〟と同様、弾丸魔法の一種だろう。だが、弾丸魔法の特徴であるはずの攻撃範囲も速度もない。

人間が走る程度の速さで進む光の弾丸が火球に食い込んだように見えた。次の瞬間――炎は一瞬で消滅した。

「消えた!?」

アルトは自分の意思で炎を消したわけではなかったし、見ていた感じ相殺《そうさい》させたというわけでもなさそうだった。初めからそのスキルがなかったように、跡形もなく消え失《う》せたのである。

「いったいどうなってるんだ!?　これが言っていたユニークスキル!?」

「はい。〝マジック・リゾルバー〟って言います」

ユニークスキルにも色々あり、世界中を探せばそれなりに使用者がいるものも多い。アルトは自身のユニークスキルである〝オート・マジック〟に関する情報を探すために、ユニークスキル関連の書物を読み漁《あさ》ったこともある。

そんなアルトでも〝マジック・リゾルバー〟という名前は聞いたことがなかった。おそらくはミアしか持っていないものだろう。

「この小さな弾丸がスキルの魔力核を撃ち抜いて無効化するんです」

ごく簡単な説明であったが、その力がとてつもない可能性を秘めていることがすぐに理解できた。

例えば、アルトが王女を救った戦いにおいても、ドラゴンが放った渾身の〝ドラゴン・ブレス〟を無効化することができていれば、もっと安全に戦えていたはずだ。

「すごい力じゃないか！」

アルトが言うと、しかしミアは浮かない表情をしていた。

「でも、制御できないんです……」

「制御ができない？」

「もう一度〝ファイヤー・ボール〟をお願いしても……いいですか？」

アルトは指示通りもう一度掌に炎を浮かべた。

すると、ミアは少し離れたところに歩いていき、そこから再びスキルを放った。

「〝ディスペル・ショット〟！」

ミアの指先から再び光弾が放たれる。

けれど、

「――ん？」

弾はアルトの炎ではなく、少しずれた方向に向かっているように見えた。そのズレは徐々に大きくなり、結局、全く的外れな壁に当たって光が消える。

「この技、制御が難しくて……なので、相手の発動したスキルに当てるのが難しいんです。魔力の見えない波があって、お互いに干渉し合うみたいなんです。だから全然狙ったところに飛んでいかなくて……。すごく練習したんですが、同じようにやってもなかなかうまくいかないんです」

「なるほど……」

レベルはスキルを使えば使うだけ上昇していく。

だが、それを使いこなせるかどうかはまた別問題だ。

「なので今は他のスキルも練習してて、最近は水氷系統のスキルをたまに練習してます」

アルトはそれを聞いて、もったいないと思った。

他人にはない天性の才能を持っているのに、それを発揮できないままでは浮かばれない。

当たれば文句なしに強い。だが当てられない。

アルトは少し考え込む。

そして、自分も同じような悩みを抱えていたことを思い出す。

複数の動く標的を確保できないことで〝同時発動〟の魔法制御がなかなか上達しなかった。アルトの場合はイメージで補うことで時間をかけて修行した。しかしミアの場合はイメージで解決できる問題ではない。目に見えない魔力同士の干渉をイメージすることなど不可能で、実際に魔法と魔法をぶつけて感覚で覚えていくしかないのだ。

(標的になるスキルをひたすら出し続ける……適任がいるじゃないか……！)

「それならさ。俺を練習台にしない？」

「え？　練習台……ですか？」

「うん。使ったことのないユニークスキルについて俺が何かを教えてあげるってのは無理だけど、練習に付き合ってあげることはできると思うんだよね。ちょっと待ってて」

アルトは〝オート・マジック〟のステータス画面を開き、〝ファイヤー・ボール〟を空中に撃ち出し続けるテキストを書く。

「<ファイヤー・ボール・連打>起動！」

テキストに書いた通り、〝ファイヤー・ボール〟が一定の間隔を置いて発動していく。

「一度しか詠唱していないのに次々に〝ファイヤー・ボール〟が!!　やっぱりすごいです」

「これは俺のユニークスキルなんだけどさ、俺は無意識で発動し続けられるんだ。しかも、これ毎回同じように撃ち続けられるからさ、練習台としてはちょうどいいと思うんだよね。動いてるけど、同じようにしか動かない的の方が練習しやすいでしょ？　それにこれもちゃんとしたスキルだから、魔力の波の干渉っていうのも掴めるんじゃないかな」

「あ、ありがとうございます!!」

と、ミアは早速アルトの〝ファイヤー・ボール〟に〝ディスペル・ショット〟を放つ。その後も次々と発生する火球をその丸い目で見据えては光弾で狙い撃っていく。はじめは全く見当違いなところに向かっていたが、回数を重ねるごとにほんの少しずつ精度が高まっていくのがわかった。

練習を始めて三〇分ほど続けたところで、ミアの魔力が底を尽きた。

「長い間付き合わせてすみません。ありがとうございました……！」

「いやいや。俺も訓練になってるから、全然大丈夫」

「それにしてもアルトさん、すごい……こんなにやってまだ魔力が残っているなんて……」

「ああ、確かに魔力量には自信があるんだ」

アルトは魔力回路が一つしかなく、成長適性も低い。

けれど、魔力量――つまり魔法を使う体力――は、魔法適性とは無関係である。運動神経が悪くても運動を続ければ体力が増していくように、魔力も魔法を使用すればするだけ伸びていく。

なのでほぼ二四時間スキルを発動し続けて魔法を酷使してきたアルトの魔力量は普通の冒険者では考えられないほど膨大になっていた。

それはアルトのちょっとした自慢だった。

「それに、技が本当に同じように発動するものありがたいです……！　わたしの方の変化がダイレクトに結果につながって、微調整もしやすいです」

「それは良かった」

そこでちょうど校内の鐘が鳴る音がした。寮で夕食が提供され始める時間だ。

「もうそんな時間か」

荷物を持ち上げたアルトに、ミアが声を掛ける。

「……あの……」

ミアは両手のこぶしを胸の前で握りしめている。勇気を振り絞っているように見えた。

「……ご迷惑だとは思うんですけど……」

「うん？」

「……わ、わたしを弟子にしてください……!!」

「弟子!?」

アルトは自分のことを一介の騎士志望者にすぎないと思っていた。そんな人間が、突然「弟子にしてくれ」と言われれば驚くのも無理はない。

「わたし……アルトさんみたいに強くなりたいんです……アルトさんみたいにとってもとっても努力して……もっと強くなりたいんです……」

その言葉を聞いて、アルトは胸が熱くなった。

オート・マジックの存在を知って尚、自分の努力を認めてもらえたからだ。

確かにこの三年間でアルトがここまで成長できたのは、間違いなくオート・マジックのおかげだ。

だが、いくら自動でスキルを発動してくれるとはいえ、起動しておけば後は楽に成長できるというようなものではなかった。

まず、スキルのレベルが上がるにつれ、より多くの魔力を消費するようになっていった。だからオート・マジックを一日中使いっぱなしにしていると、無視できないほどの疲労が溜まっていく。激務をこなしながら、それでも常に気力を振り絞って修行を続けてきたのは、間違いなくアルトの努力だった。

それに、アルトはスキル制御の訓練にも励んでいった。オート・マジックを使った自動修行で増

ともある。

えるのは経験値と魔力量だけである。今のミアのように、魔法制御がうまくいかず試行錯誤したこ

座学にも人一倍の時間を費やしている。十分な睡眠が取れないのはもはや日常であった。

自分に効率を求めたが故に、相当にハードな日々を送っていた。

ミアは、黙っているアルトに不安そうな表情を浮かべる。

「大した恩返しはできないですが……学校の案内だったり……日々の雑用を手伝ったりとか……なんでもします……だめでしょうか？」

アルトは考える。

学校生活で孤立しているため、校内でわからないことが多いのは確かだ。これは行動の非効率につながっている可能性もある。

加えて、ミアは約三年もの間、騎士学校で経験を積んできている。アルトが知らない知識や技術を教えてもらえるかもしれない。

それに、しゃくではあるがボンが言っていたように、騎士にとって信頼を得るのは大事なことだ。それは上司だけではなく、同僚関係にも言えることだ。きっと努力家で才能も持っているミアは騎士になることができる。であれば、あえてここで信頼を失うようなことをする必要はないのではないか？

ごちゃごちゃと理由を並べたアルトであったが、つまるところ、ただ嬉しかったのだ。互いに認め合える友達ができたことが。

「多分何かを教えるってのはできないと思うけど……それでも良ければ」

アルトが言うと、ミアはパァッと笑みを浮かべる。

「あ、ありがとうございます!!」

◇◆◇◆◇◆◇◆◇◆

「話が違うではないか、ボーン卿《きょう》」

ワイロー大臣は、部下のボーン伯爵を呼びつけていた。

敵対する王女派閥に組するアルトを、ボーン伯爵の息子であるボン・ボーンが倒す手筈《てはず》になっていた。だが蓋《ふた》を開けてみれば、直接対決でボンは一瞬にして叩きのめされてしまった。

「も、申し訳ありません!!」

ボーン伯爵は腰を直角に曲げて謝る。

「王子様もひどく気分を害されている」

その言葉にボーン伯爵の顔から血の気が失せる。

「申し訳ございません！　必ずや……必ずや次の試験ではアイツを陥れてやります！」

「王女の陣営が強くなるのは絶対に避けなければならない、わかるだろう？」

「もちろんでございます!!」

「くれぐれも任せたぞ」

「はい!!」

ボーン伯爵は、ワイロー大臣の部屋を後にすると、そのまま教育庁へと向かった。

そこで以前から目にかけていた役人に話しかける。

「お前に頼み事がある」

「なんでしょう、ボーン伯爵」

「騎士選抜試験で、アルトという受験者の邪魔をしてほしい。デバフを掛けてやるのだ」

要件を聞いた役人はニヤリと笑う。

「承知しました。お安い御用です。我が仲間が誇る最強の〝足引っ張り屋〟が、そいつを見事に落第させてやりますよ」

「心強いな。しかし、くれぐれも内密《ないみつ》に頼んだぞ」

◇◆◇◆◇◆◇◆◇◆

第一の試験があった日から、アルトとミアは共に行動するようになっていた。両者ともあまり社交的なタイプではないため、数日は妙な距離感があったが、それは時間が解決してくれた。

午前中の授業を終えた二人は食堂に向かっていた。

「今日の午後は自主訓練だから、長時間訓練できるな。いつもと違う内容も試してみようか」

「はい!」

そんな会話をしているうちに、気付けば食堂の前まで到着していた。

外に張り出されたメニューを二人で眺める。

メニューは毎日総取っ替えであり、それはアルトの頭を悩ませる問題であった。なぜなら服を選ぶ手間を嫌って一種類の服を何着も持っているような男なのだ。本来なら決まったメニューをローテーションするのがアルトの流儀《りゅうぎ》である。

「このメニュー、やっぱり規則性ってないんだよね？」

「ない……と思います。でもどれも美味しいですよ？」

「そういうことじゃないんだよな……」

アルトは値段と栄養と腹持ちを秤《はかり》に掛け、最高のコスパを追い求めている。好みなど二の次であるアルトにとって、毎日十数種類もあるランチの中から一つを選び出す作業は溜息ものであった。

「わたしはこれにしようかな」

アルトとは対照的に、ミアは即決であった。選んだのは最も高いメニュー。直感で選んでいるらしく、最も安いメニューを選ぶ日もある。

こういうふとした時にアルトは思い出す。ミアは貴族の令嬢なのだ。アルトのように金銭的なコストを秤に掛けることはない。

「こ、これにする」

断腸《だんちょう》の思いで決断したメニューは肉と野菜と卵を炒《い》った料理に副菜がついた定食であった。

二人が食堂に入ると、中は活気に満ちていた。

「あ、やっぱりこの時間は並んでるみたいですね……」

食堂といってもそこまで広い造りではない。そのためお昼時は混雑するのだ。普段は時間をずらすのだが、この日は午後の自主訓練にまとまった時間を取るために仕方なくこの時間にやってきたのである。

「まあ並ぶか」

こうして並んでいると、普段会う機会のない低学年の生徒たちも目に入る。そこで、アルトは食堂の一番隅の薄暗い一角で黙々とランチをとっている集団に気付いた。

「ミア、あれは……?」

問われたミアは少し声を小さくして答えた。

「平民出身の生徒ですね……。なんでもないことで怒られちゃったりするから、なるべく目立たない場所で食べるようにしてるんだって言ってました」

「平民は虐げられるのか」

「うーん、まあ……そうですね……」

生まれた時から貴族である人間は、ナチュラルに人を見下す者も多い。身の回りの人間が皆自分の言うことを聞いてくれる環境で育ったのだから、仕方のない節もある。そこでアルトはあることに気付く。

「あの、そういえば、俺も貴族じゃないんだけど……」

「え?」

ミアはキョトンとする。アルトの言わんとしていることが全く伝わっていないようだ。

「だから、言っていなかったけど、俺は平民なんだ。そんな俺と一緒にいて大丈夫なのかって」

そこまで聞いて、ミアはようやく理解したようだった。

「もちろん大丈夫です。前はあそこのみんなとも仲良くしてたんですけど、逆に目立つからやめてほしいって言われちゃって……。もしかして……アルトさんも……？」

ミアの瞳の色が揺れたように見えた。

「いや、そんなことはないよ」

「……良かった」

ミアは心底ホッとしたようであった。


――第一の試験から二週間後。

「それでは、第二の試験を始める」

選抜課程をまとめるアーサー隊長は、受験者たちを見渡して言う。

「今回の試験では、ダンジョンの攻略を行ってもらう。騎士は護衛やダンジョン攻略など多彩な任務に従事することになる。その対応力を見るのが今回の試験の目的である」

受験者たちは緊張気味な面持ちで待つ。

「それでは、まずはアルト。準備ができ次第すぐに入れ」

「はい」

名前を呼ばれたアルトは一歩前に歩み出る。

「頑張ってください……！」

そうミアが控えめに声を掛けてくる。

「ああ、頑張る」

と、さらにその横から、別の人間が声を掛けてくる。

「クク、せいぜい頑張れよ」

ボン・ボーンは意地の悪い表情でそうつぶやいた。とてもエールを送ろうという人間の表情ではない。

「ああ」

アルトは適当に相槌を打って、ダンジョンへと足を踏み入れた。

ダンジョンは平凡な迷宮型であった。この程度のダンジョンは、ポーターという役割ではあったが数多くのクエストで潜ってきた。

（でも騎士の選抜試験なんだ。強いモンスターが出てくるはず。油断はできないな）

アルトの背後でダンジョンの扉が閉まり、迷宮は光を失う。アルトはアイテムで明かりを灯す。

「＜自動強化＞、＜自動探索＞起動」

用意してあった迷宮探索用のテキストを起動し、攻略の準備を整える。迷宮で最も気を付けるべきなのは罠と不意打ちである。入り組んだ道のどこかに潜んでいたモンスターを見逃してしまい、背後から襲われたのでは対応に遅れる可能性がある。

そのため、モンスターや罠をいち早く発見するための探索魔法と、万一の事態が生じた場合でもすぐに強力なスキルで対処できるようにするためのバフは最優先であった。

罠を壊しながらしばらく歩いていくと、通路の奥からモンスターが姿を見せた。

エリート・ゴブリン。

いきなり上級モンスターの登場だ。とはいえ、アルトにとってはソロ活動を開始した初日に戦った相手だ。

「＜ファイヤー・ボール8＞起動」

迷いなく業火をエリート・ゴブリンに叩きつける。

危なげなくモンスターを狩ったアルト。

――だが。

「んー、なんか。調子悪い……気がする」

根拠があったわけではなかった。しかし、どうにも体が重いような気がしたのだ。スキルの出力も普段より弱まっている感じがする。

「もしかしてダンジョンにデバフが仕掛けられているのか……？」

試験用のダンジョンに高ランクのモンスターを出現させるのは運営側にもリスクが伴う。であればデバフによって冒険者の力を制限する方が効率がいい。

対応力を見るというのはこういうことだったのか、それなら納得がいく、と結論を出したアルトは攻略方針を組み立てる。

「となると——後半はさらにきついデバフが掛かっていてもおかしくない。ある程度のところまで行ったらさらにバフを掛けよう。それから、スキルは八倍ではなく最大出力の十六倍を使っておいた方が良さそうだな」

アルトはそう判断してテキストを調整し、攻略を再開する。


——ダンジョンの外。

試験官のアーサー隊長が遠隔水晶で中の様子を観察していた。一方で受験者たちは状況を窺う手段を持っていない。ボン・ボーンはウキウキしながらアルトの〝帰り〟を待っていた。

（ふふ。アイツめ。いつ脱落するかな）

アルトの推測通り、ダンジョンにはデバフが掛けられていた。しかし、それは試験の一環ではない。ボーン家と親しい役人が手配した足引っ張り屋による仕業であった。

ボンは、アルトがデバフによって妨害されているのを知っていた。だからアルトが自力で戻ってこられるなどとは思っていなかったのだ。

諦めて引き返してくるか、力尽きて運ばれるか。いずれにせよ、そのような事態が発生すれば水晶を見ている試験管の顔つきも変わるはずだ。

そう思ってボンはずっとアーサーの方をちらちらと窺っていた。

しかし、ボンの耳にした言葉は、期待していたものとは真逆であった。

「……うむ。さすがだな」

小さい声で、けれどハッキリとそうつぶやいたのだ。

「へ？」

思わずそんな間抜けな声を漏らす。

それから少しして、ダンジョンの出口からアルトが出てきた。

「……なんとかなったな」

「な、何!?」

ボンの予想に反して、アルトは攻略を成功させたのだ。

「アルト、さすがだ」

水晶で戦いぶりを観察していたアーサーが、そう声を掛けた。

「な、なんとかギリギリという感じです」

「いや、体力もかなり余裕があるみたいじゃないか」

アーサーは並み居る騎士を束ねる隊長である。仲間の姿から体力の状態を見抜くなど雑作もないことであった。

「ルートの選択、攻略速度の緩急《かんきゅう》、どれをとっても文句なし。無論、合格だ」

そう言ってアーサーは二つ目のエンブレムをアルトに授ける。

――だが、それに思わず異議を唱えたのがボン・ボーンだった。

「ちょちょ、ちょっと待て！　こいつ絶対にズルしてるぞ!!」

ボンは思わずアーサーに向かってそう抗議した。

デバフを掛けられながら、この高難易度ダンジョンをクリアできるわけがない。だから、自分たちがデバフを掛けたように、アルトも外部の人間にバフを掛けてもらったに違いない。そう思ったのである。

だが、アーサーは鋭い目で言う。

「何がズルなのだ？　根拠はあるのか？」

アーサーのボンに対する視線があまりに厳しいものだったので、ボンはひるんでたちまち口籠る。

「そ、その……」

「何かアルトが攻略できるはずがないという根拠があるのか、と聞いている」

そこでボンは失言だったと気が付いた。

ボンはダンジョンにデバフが掛けられている事実を知っていたために、アルトの成功が信じられなかった。だが妨害を知らない人間からすれば、第一試験で圧倒的な実力を示したアルトが第二試験も成功したことに疑いを抱く方がおかしい。

「そ、その……いえ、違うんです」

ボンはそう言ってから黙り込み、スッと後ろに下がるのであった。

アーサーはそれを厳しい目で一瞥《いちべつ》する。

(だ、大丈夫だよな？　不正のことはバレてないよな？)

ボンはまるで全てを見透かされているような気分になった。自らに生じた猜疑心《さいぎしん》はその後もしばらく拭い去ることができなかった。

「それでは次の者。ミア・ナイトレイ」

「──はい！」

名前を呼ばれて勢いよく前に出るミアであったが、反面、心の中は不安でいっぱいだった。

前回の試験から二週間、アルトとの修行を重ねてきたミア。しかし、未だ〝マジック・リゾルバー〟を使いこなすには至っていなかった。

アルトはミアの合格を祈りながら見送った。

ダンジョンの中を確認できるのは水晶の前にいるアーサー隊長だけだ。アルトはアーサー隊長の表情を窺うが、眉一つ動かさない彼の表情からは何も読み取れなかった。

しばらくするとダンジョンの出口からミアが出てきた。

「ミア!!」

アルトは思わずそう声を上げた。

(突破したのか!!)

アルトは内心でそう喜んだ。

──だが。

ダンジョンから出てきたというのに、ミアは浮かない顔をしていた。

そして試験官のアーサーはミアに残酷な事実を告げた。

かった。

唇を固く噛みしめて、拳を握り込んでいる。辛い現実に必死に耐えているのが傍《はた》から見てもわ

その言葉を突きつけられた瞬間、ミアは「はい」と小さく返事をした。

「残念だが、実力不足だ」

アルトは混乱して、思わず隊長に尋ねた。

「あの！　ダンジョンをクリアしたら合格ではないんですか？」

「このダンジョンは訓練用だ。最後までたどり着けないと判断された時点でモンスターが出てこなくなる仕組みになっている」

「そ、そんな……」

揺らがない不合格という事実。

三つの試験のうち、既に二つが不合格。

もはや状況は絶望的だ。

第二の試験が終わった翌日。

第三試験の概要伝達のために受験者たちは再び集められた。

「それにしても、数、だいぶ減ったな」

アルトはポツリとつぶやく。

多く見積もっても二〇人弱。最初に見た時から半分以下になっていた。

「……エンブレム0個の人がほとんどですしね……」

それは二回の試験を見ていたアルトも承知していた。

「でも、二回とも不合格だったとしても、制度上は第三の試験でエンブレム三つを一気に貰える可能性があるじゃないか」

現に二度の不合格を突き付けられたミアもここに立っている。

しかし、ミアは寂しそうな表情をした。

「過去そういう例はないんだって……先輩が前に言ってました」

言われてみれば、第一試験、第二試験、共にエンブレムを同時獲得した者はいなかった。

可能性がほとんど0なのであれば、諦めてしまうのも仕方がないかもしれない。だが、それでもミアはここに立っている。そのことはきっと誇りに思っていい。

アルトは心の中でそう思った。

「これで全部か……」

受験者たちの前に現れたアーサー隊長は、集まった者たちを見渡してから粛々と説明を始めた。

「最後の試験は、チーム戦だ。二人一組で模擬決闘をする。結界が破られた者は戦闘不能扱いとなり、メンバー両名ともが戦闘不能になったチームの敗北となる。ここに来ている者は参加の意思ありとみなすが、もし来ていない者でも今日中に私のところまで意思表明に来れば、参加は可能だ。試験は一週間後。チーム分けは試験前日、対戦相手は試験当日に発表する。それでは解散」

短い説明。

本来なら第二の試験が終わった後、総評を述べるついでに説明したって良かったはずだ。だが、あえてそうしなかったのは試験を諦める人々への配慮《はいりょ》であった。

「……ミア。この後、一緒に修行しないか?」

第三試験の概要が確定したことで、アルトは改めて修行方針を考えていた。

「まだ試験まで時間あるし、対人決闘形式なら〝マジック・リゾルバー〟さえマスターできれば、合格できる可能性はかなり大きくなると思うんだ」

二人が一緒に修行を初めて二週間。

まだミアは自身のユニークスキルの完全制御には至っていない。

けれど、アルトはそこに最後の望みを託していた。

「……ありがとう、アルトさん」

ミアは拳をきゅっと握ってそう言った。

「〝ファイヤー・ボール〟」

訓練場に火球が放たれる。

それに対し、ミアが〝ディスペル・ショット〟で迎撃する。光弾に撃ち抜かれた〝ファイヤー・ボール〟はそのまま四散した。

「……よし!」

この二週間の修行の末、ミアのスキルの精度は以前よりも格段に向上していた。アルトが任意に放った〝ファイヤー・ボール〟にもかなりの確率で当たるようになっている。

「じゃぁ次は――〝ファイヤー・ランス〟！」

アルトは続いて中級スキルを放つ。

これに対してミアの〝ディスペル・ショット〟が再び放たれる。

しかし今度は外れる。

「……やっぱり中級スキルに対してはまだムリか……至近距離だったら命中するんだけどそんな危険は冒せないし……実戦で使うにはまだもう少しかかりそうか」

ミアの〝ディスペル・ショット〟は相手のスキルから放出される魔力の影響を受ける。

それ故、打ち消すスキルのスキルレベルが高いと命中率が下がってしまうのだ。

「でも時々当たるようになってきているのは確かだし、このまま調整を続けよう」

「はい、もっと頑張ります……」

こうして二人は最終試験に向けて修行を続けた。

ミアの魔力が底をつくころ、アルトにとって聞き覚えのない声が響く。

「ミア」

現れたのは一目見て貴族とわかる衣装を纏った中年の男だ。胸につけたエンブレムは、宮廷の役人であることを示していた。体形は引き締まっており、視線は鋭い。

徹底的な実力主義で成り上がってきたタイプだと感じられる。

「……お父様……」

ミア・ナイトレイの父親。

即ち、ナイトレイ伯爵。

彼は隣にいるアルトのことには目もくれず、娘の方を険しい表情で睨む。

とても和やかな雰囲気ではない。

「聞くところによれば、騎士試験、二回とも落ちたそうだな」

ナイトレイ伯爵はミアに対して鋭い言葉を投げかける。

「……はい」

ナイトレイ伯爵が、娘の挑戦を応援していないのは明らかだった。

伯爵はさらに冷徹な言葉を吐く。

「まだ続ける気か？」

ミアは何も言えなかった。

「宮廷でも噂になっている。ナイトレイ伯爵の娘は騎士になる才能もないのに醜態《しゅうたい》を晒している、とな」

「も、申し訳ありません……」

ミアにできたのは、ただ謝るために声を絞り出すことだけだった。

「ちょっと待ってください。娘に対していくらなんでもひどすぎませんか」

思わず口を挟んでしまったアルト。

しかし、ナイトレイ伯爵は、そんなアルトを一瞥すると鼻で笑う。

「なんだ、君は。ひどいと言うが同情や温情で騎士になれるのか？　それに、これはナイトレイ伯爵家の問題だ」

全くもって正論であった。実力がなければ騎士になることはできない。でも、だからこそ修行を重ねているのではないか、アルトがそう言おうとしたところで、ナイトレイ伯爵は踵《きびす》を返した。

「とにかく、これ以上ナイトレイ伯爵家の家名を傷つけるな」

去りゆく伯爵の言葉に、ミアはただ俯くことしかできなかった。

アルトにはミアの気持ちがよくわかった。自身にも父親に力を認めてもらえなかった過去がある。そして、気持ちがよくわかったが故に、当たり障りのない言葉を掛けて励ますことなんてできやしなかった。

「……わたし、全然期待されてなかったんです……」

ミアがそう独白する。

「……魔法の才能に恵まれなくて。だからお父さんはわたしが騎士学校に入るのも反対で、入っても実際試験に落ち続けてて……」

ミアの悲痛な言葉を、アルトは全て受け入れた。

ミアもアルトに受け入れられていることを感じていた。

だから、その続きを口にすることができた。

「でもアルトさん……。わたし、まだ頑張りたいんです」

実を結ぶかどうかわからない努力ほど辛いものはない。ミアはずっと前からその苦しみと一人で戦い続けてきたのだ。

「ああ、そうだな」

アルトの言葉に、顔を少しだけ綻ばせたミアは、小さくなった父の背中をしっかりと見つめた。

「騎士になんてなれっこないって言ったお父様を見返したいんです」

「わかってる」

◇◆◇◆◇◆◇◆◇◆

少しさかのぼり、第二試験が終わった夜の宮廷――。

「ボーン卿、君は二度も失敗した。期待していただけに残念でならない」

ワイロー大臣がそう語りかけた。

「誠に、誠に申し訳ございません！」

ボーン伯爵は深々と頭を下げる。

彼はアルトの力を完全に見誤り、用意した妨害をいとも簡単にくぐり抜けられてしまった。

「次が最終試験、後がないのは理解できているな？」

「ワイロー大臣。次こそは必ずや成功させて見せます」

「具体的な策はあるのか？」

「次はチーム戦です。ここで、アルトと一番弱い生徒を組ませるように仕向けます。あのナイトレイ伯爵の娘が適任でしょう」

「ああ、全く箸《はし》にも棒にもかからないと噂になっているあの娘か」

「さらに、当日アルトには毒を盛ります。特効薬以外での回復が見込めない、特別な代物です。これでヤツのリタイアは間違いありません」

「では確実に実行せよ」

「もちろんでございます!!」

◇◆◇◆◇◆◇◆◇◆

「それでは、明日の試験のペアを発表する」

最終試験の前日、夕刻。

試験官のアーサー隊長により、模擬戦のチーム分けが発表されていた。

次々名前が読み上げられる中、ついにアルトの名前が呼ばれる。

「アルト」

「はい！」

「そしてミア・ナイトレイ」

「は、はい……！」

二人は顔を見合わせる。まさかお互いがペアになれるとは思ってもいなかったのだ。

「続いて、ボン・ボーン。そして、グレゴリー・バーンズ」

ボン・ボーンの相方は、第一の試験でミアを軽々倒した大男だ。

校内でも有力な貴族同士のペアである。

「続いて――」

それから数分で一通りの発表が終わる。

「事前に伝えてあった通り、対戦相手の発表は試験当日、つまり明日に行う。本日はこれにて解散。諸君らの健闘を祈る」

解散後は、皆ペアになった相手と一緒にどこかに向かっていった。

「アルトさんとペアになれるなんて……びっくりです」

ミアが俯き加減で、少し恥ずかしそうに言う。

「俺も予想してなかった。でも嬉しいよ。明日は一緒に頑張ろう」

「……足を引っ張らないように頑張ります」

「今日はもう日が暮れるし、前日に張り切っても仕方ない。ゆっくり休んで、体調を万全に整えることにしようか」

「うん」

翌日の連携方針について二言、三言交わしてから、アルトはミアの背中を見送った。

(明日使うテキストを今日のうちに整理しておかないとな)

アルトは考え事をしながら寮に向かって歩き出す。

――だが、それを引き留める者がいた。

「ちょっといいかな」

声を掛けてきたのはボン・ボーンだった。

また何か因縁をつけられるのではないかと、アルトは警戒気味に振り返る。

しかし、ボンは「害はない」とアピールするように笑みを浮かべる。

「今までの態度を詫びたいと思ってな。いよいよ明日、僕が騎士になるかもしれないと思って振り返った時、君にずっと大人げない態度をとっていたことを反省したんだ。すまなかった」

そう言って、頭を下げるボン。

アルトは突然のことにたじろぐ。

「いや、別にいいんだけど……」

「アルトがあまりに優秀だから、ついムキになって敵対的な態度をとってしまった。だが僕が間違いだった。今後一緒に働く仲間になるかもしれない、そう考えると謝らずにはいられなくなってな」

アルトはボンの態度が一八〇度変わったことに、強烈な違和感を覚えた。

けれど、ボンはさらにグイっと迫った。

「ぜひ、お詫びをさせてほしいんだ。今日は試験の前日。修行好きの君も、さすがにもう休むだろう？」

「まあ……」

「だったらこの後、一緒に食事でもどうかな。ここらで人気のレストランでごちそうするよ」

（あんまり気乗りはしないな……）

それがアルトの正直な感想であった。

けれど、ボンの言うことにも一理ある。一緒に働く仲間になった時、そこに禍根《かこん》が残っていれば仕事に支障をきたしかねない。それに頭を下げてきている相手を無下にすることもできない。

「ああ、わかった……。ごはんくらいなら……」

アルトが言うと、ボンは笑みを浮かべる。

「良かった！　じゃあ早速行こう！」

意気揚々と歩き出したボンとは対照的に、アルトは重い足取りでついていくのだった。

レストランに到着すると、ボンの顔を見た店員は「お待ちしておりました」と言って奥の個室に案内した。

それからアルトとボンの二人は一緒に食事をとったが、会話はあまり盛り上がらなかった。考え方があまりにも違いすぎたのだ。それに、何か空回りしているようなボンのテンションにもついていけなかった。

だが、やはり貴族の紹介するレストランだけあって食事は美味しかった。それにいつも通り自身への強化スキルを掛け続けて経験値を稼いでいたので、時間を無駄にしたというほどの感覚はなかった。

食後、用事があるというボンと別れたアルトは帰路につく。

「さて、明日に備えて今日はもう休もう。なんだが体が疲れているみたいだし」

特に寄り道をすることもなくそのまま寮へと向かう。

だが、やがて「疲れ」では説明できないほどの重たい違和感が体に広がっていく。

（あれ……？）

家にたどり着いた頃には、目眩《めまい》で立っているのが辛くなっていく。

（なんだ……？）

アルトはそのままベッドに倒れこんだ。

しばらく横になるが、苦しさは増していくばかり。

寒気《さむけ》もしてくる。

「……どうなってるんだ……？」

この日のアルトの記憶はここで途切れていた。


翌朝の闘技場。騎士選抜の最終試験が行われる会場である。

この日新たな騎士が決まるとあって、場内の観客はゆうに定員を超過していた。控え場所で待機するミアの元にも、これまで以上の熱気が伝わってきた。

「……アルトさん、遅いな……」

8時50分。

試験は9時からスタートすることになっていたが、まだ会場にアルトの姿が見えていなかった。

ミアは相方が姿を見せないことに不安を覚える。アルトが時間に余裕を持って行動するタイプだと知っていたからだ。

試験開始時刻が近づくにつれて、ミアの焦りは強くなる。

――そうして、9時になる直前になってようやくアルトが会場に現れた。

「……アルトさん！」

駆け寄ると、ミアはすぐに事態の異常さに気が付いた。

「アルトさん、どうしたんですか⁉　大丈夫ですか⁉」

現れたアルトは青ざめて、額に脂汗《あぶらあせ》を浮かべていたのだ。

「あぁ。なんとか」

アルトはそう言うが、どう考えてもまともに戦える状態には見えなかった。

「ちょっと風邪《かぜ》を引いたみたいだ」

ミアから見れば、明らかに「ちょっと」というレベルを超えている。

しかし、無常にも時間は訪れる。

「それでは、最終試験を始める」

「大丈夫だ。なんとか戦えるから」

アルトは自分に言い聞かせるようにそう言った。

「でも……」

ミアの頭には色々な考えが浮かんでいた。

――順番を入れ替えてもらうよう頼んでみよう、無理せず少し休憩してからの方がいい、とにかくアーサー隊長に事情を説明しよう……。

しかし、そのどれもが言葉として形になることはなかった。アルトの目から固い意志を感じてそれ以上の言葉を発せなかったのだ。

ミアにはこの状況をどうすることもできなかった。

試験は体調不良だろうがなんだろうが行われる。他ならいざしらず、これは騎士になるための試験なのだ。騎士が王族を護衛しなければならない時に「ちょっと風邪を引いたので休みます」なんて言えるわけがない。

参加できなければそれまでだ。

「――それでは、第一試合。アルト、ミア・ナイトレイ。対するは、ボン・ボーン、グレゴリー・バーンズ」

アーサーはアルトたちに視線を送った。

アルトは肩で息をしながら前に出た。歩くことでさえ億劫《おっくう》で仕方ない。

翻《ひるがえ》って、ボン・ボーンたちは下賤《げせん》な笑みを浮かべていた。昨日アルトに「今までの態度を詫びたい」と話していた時の面影はない。そのいやらしい表情は、昨日の全てが演技であったことを物語っていた。

しかし、アルトはそれに気付くことすらできない。

「おっと、アルト君。具合が悪そうだが、大丈夫か？」

初めて見たアルトの苦しげな姿に、ボンは声を出して笑いそうになっていた。

そんな状況を一瞥したアーサーであったが、無慈悲にも助け舟を出してはくれなかった。

「開始前に、最後にもう一度おさらいだ。今回の試験は、一撃では決まらない。チーム力を見るために、結界を失って初めて戦闘不能とみなす。当然、結界がない者への追撃は禁止だ。良いか？」

アルトを除く三人は、各々《おのおの》の思いを胸に頷いた。

「――それでは、試合開始!!」

最終試験は幕を上げ、観客の声援はより一層の熱を帯びる。

「〝ファイヤー・ランス〟！」」

先制したのはボンたちだった。

ボンと相方のグレゴリーが同時に火炎スキルを放つ。

「〝アイス・ウォール〟！」

ミアがとっさに水氷スキルで自分とアルトの身を守った。

アルトの反応は完全に遅れていた。

「ご、ごめん」

弱々しい声でミアに謝る。

「はは！　こりゃ楽勝そうだな！」

ボンは高らかにそう言うと、そのまま次のスキルを詠唱する。

「〝ファイヤー・ボール・レイン〟」

アルトたちの頭上から炎弾の豪雨《ごうう》が降り注ぐ。

「起動、∧ファイヤー・ボール∨」

アルトは基本スキルを一六個重ね掛けした巨大な炎弾でボンの攻撃を全てのみ込む。

しかし、明らかにアルトの力は弱まっていた。

オート・マジックは健在だったが、その〃処理速度〃は明らかに鈍っていて、敵の攻撃に反応するのがやっとだった。

アルトとミアが反撃に出ようとした次の瞬間、ボンとグレゴリーは左右に分かれた。アルトたちを両脇から挟撃《きょうげき》しようという魂胆《こんたん》だ。

アルトとミアそれぞれが狙われたことで、二人は別個に戦わなくてはならなかった。

「くらえ、〃サンド・プレッシャー〃！」

グレゴリーがアルトに向かって中級スキルを放った。

アルトは少し遅れて発動したスキルによってそれを弾く。いつもなら相手の攻撃ごと吹き飛ばすことができていたのに、今回ばかりは弾くだけで精一杯だった。

チャンスと見たグレゴリーは続けざまにスキルを発動していく。

「〃サンド・ブレス〃！」

火炎系の〃ドラゴン・ブレス〃に並ぶ、土石系の上級スキルだ。地面が大きく盛り上がり、巨大なドラゴンの足が出現する。確かな質量を持ったそれは、踏み潰すようにしてアルトに襲い掛かる。

一瞬足の力が抜けて、片膝をついたアルト。

「起動、∧ファイヤー・ランス∨!!」

無理な体勢から中級スキルを強引に連打することでそれを辛くも迎撃する。

（だめだ……魔力がうまく練り上げられない!!）

オート・マジックの力があるのでスキルを使えないということはない。

だがいつもに比べてその力は半減していた。オート・マジックは所詮魔力回路の代替にすぎない。スキルを形作る大本である魔力そのものは全てアルト依存なのだ。常時スキルを発動し続けることで手に入れた膨大な量を誇る魔力も、今日に限ってはうまく扱うことができない。

「おらおら、どうした！〝サンド・プレッシャー〟！」

グレゴリーはアルトの鈍い動きを見て、ここぞとばかりにスキルを撃ち込んでくる。

「クッ……!!」

アルトは気力をふり絞ってなんとか迎撃する。だが、それはほんの一時凌《しの》ぎにしかならない。なんとか一つ躱《かわ》しても、グレゴリーに何かダメージが入るわけでもなければ、アルトの辛さが快方に向かうわけでもない。決着を先延ばしにしているにすぎないのだ。

さらに辛いことに、グレゴリーは畳み掛けるような攻撃はせず、アルトの様子をじっくり見ながら、あえて間隔を空けて攻撃しているようであった。

（だめだ、持久戦になったら負ける……）

アルトは自分の意識が少しずつ遠のいていくのを感じる。それでも、指の爪を皮膚に食い込ませて、ようやく意識を保つ。気を抜けばいつ卒倒してもおかしくない状況だ。

（ミアは……なんとかやれているのか）

ミアが一対二の状況になる事態だけは避けなければならない。何があってもアルトは目の前の敵を倒す必要がある。たとえ刺し違えてでも、だ。

アルトは今使える全ての魔力を全力で使いきる決断をした。それが今できる最善だと判断した。

「起動、∧ファイヤー・ランス∨！」

持てる最大火力のスキルを惜しみなく一六連打する。

「な、何⁉」

反撃などできるはずもないと思っていたグレゴリーは、予想外に大きなスキルを前に焦りの声を上げる。

「〃サンド・プレス〃！」

とっさに上級スキルで迎撃するも、アルトの攻撃を受け止めるのが精一杯だった。

意識は朦朧《もうろう》としていたが、それでもアルトは追撃の手を緩めない。あと何秒立っていられるかわからないほどにひどい状態。だからこそ、自身の余力などは度外視に、宣言するは最大火力のみ。

「起動、∧ファイヤー・ランス∨！」

二度目の攻撃で、グレゴリーが作り上げた砂の竜は粉砕され、そのまま身を守る結界ごと吹き飛ばされた。

「くッ‼」

「グレゴリー、戦闘不能！」

結界が破られたのを見た試験官のアーサーはすぐにそう宣言した。

「な、何!?」

ミアと戦っていたボンが驚きの表情を浮かべる。

試合前の様子から、毒が回っていることは確認済みであった。そんな毒に侵されてふらふらのアルトが、よもや騎士学校の中でも常に成績上位をマークしていたグレゴリーを倒してしまうとは思わなかったのだ。

だが。

「…………ッ!」

アルトの意識は限界だった。

膝をつき、そのまま倒れ込む。

「はは! なんだ、驚かせやがって!」

ボンは倒れ込んだアルトを見て一転、高笑いする。

薄れゆく意識の中、アルトはぼんやりとミアの姿を見た。

「起動……――」

最後の力を振り絞るようにつぶやいたアルトの声は、観衆の声にかき消され、誰の耳にも届くことはなかった。

そのままアルトは気を失った。

「アルト、戦闘不能!」

アーサーは感情の籠っていない声でそう宣言する。

ずっと聞きたかった言葉をようやく耳にできたボンは、歓喜の笑い声を上げた。

「これで終わりだな！　落ちこぼれのお前はお友達のアルトがいないとなーんもできねえもんな!!」

それまでミアはボンの攻撃を凌ぎきっていた。一見、二人の実力が拮抗《きっこう》しているように見える試合内容である。

しかし、アーサーの声を聞いた瞬間、ボンは勝利を確信していた。なぜなら、ボンはあえて防御重視で立ち回り、わざと時間を稼いでいたからだった。

そうして時間を稼ぐことで体力を消耗させ、十分弱ったところでアルトを倒し、残ったミアを二人で軽々倒す。

それがボン――もといボーン伯爵家が立てた作戦だった。

「グレゴリーが倒されちまったのは想定外だったが、まぁいいさ」

余裕ぶって独り言を吐くボンの隙を見て、ミアはスキルを繰り出す。

「〝アイス・ニードル〟！」

しかし、ボンは軽く避けて見せた。

「あのな、落ちこぼれ！　お前、僕を相手に本当に対等に戦えていると思っていたのか？」

ボンはそう言うと、ミアに向き直って攻撃を繰り出す。

「くらえ、〝ファイヤー・ランス〟！」

発動しているスキルそのものは先ほどまでと同じものである。だが、込められている魔力の量も練度も違っていた。

「〝アイス・ウォール〟！」

ミアの必死の防御魔法がボンの攻撃を防ぐ。

だが、それもミアが大量の魔力を注ぎ込んでいるからこそ可能なことだった。

このままいけば、ミアの魔力が先に尽きてしまうのは目に見えていた。

「おらおら！〝ファイヤー・ランス〟！」

「〝アイス・ウォール〟！」

「どうしたどうした、もう少し頑張れよ！　防御してるだけじゃ勝てないんだぜ？」

「……ッ‼」

ミアはこれまでの試験で一つもエンブレムを獲得していなかった。

ここで活躍できなければ、騎士になることは不可能だ。

だから絶対に負けられない。

それに、これは自分一人の戦いではない。自分と組んだがためにアルトの騎士への道が閉ざされるなんてことになったら、一生後悔していくことになる。

「――〝アイス・ニードル〟！」

ミアは反撃のスキルを放つ。

しかし、ボンもすかさず防御魔法を詠唱する。

「〝ファイヤー・ウォール〟！」

ミアの攻撃はいとも簡単に防がれてしまう。

「はは、所詮はその程度のスキルしか使えない雑魚！　笑えるぜ！　てめえみたいな奴が騎士になれるわけねえだろ！」

ボンはそう笑い飛ばした。

「――――ッ！　〝アイス・ブリザード〟！」

ミアはさらにスキルを放つ。だが、今度はボンの攻撃によって打ち砕かれる。

「〝ファイヤー・ランス〟！」

繰り出された炎の槍が、そのままミアの氷を粉砕する。本来とは逆方向に吹き飛ぶ冷たい氷の残骸が、ミアの結界を傷つけた。

「無駄なあがきだってことが、わかったか！」

ボンはそう言って不敵な笑みを浮かべる。

「せっかくだ、最後にいいものを見せてやるよ‼」

そう言うと、ボンは目の前に五つの〝ファイヤー・ランス〟を出現させた。中級スキルを五つも同時に出現させる、彼の年齢でこれほどのスキルを扱える者は少ない。十分に高い魔法適性がなければ成し得ない技だ。これには観客も盛り上がりを見せる。

ミアには到底真似《まね》できないし、今この攻撃を迎撃できる術もない。

（終わっちゃうんだ……わたしの夢……）

諦めてはいけないと自分に言い聞かせながらも、心のどこかでそう思った。

「じゃあな、落ちこぼれ！」

ボンは五つの槍を同時に放つ。

ミアは無駄とわかっていながらも、〝アイス・ブリザード〟を放って迎え撃とうとする。

だが。

ミアの目はある一つの炎を捉えていた。

まだ魔法制御が完璧ではないのか、標的であるはずのミアとは異なる方向へ飛んでいく槍があったのだ。そして、その軌道の先にいたのは——結界を失ったアルトであった。

生身の人間が中級スキルをまともに受ければ重傷は免れない。

考えるよりも先に走り出していた。

ミアの頭の中は、自分のことなんかよりもアルトを想う気持ちで満たされていた。


蘇る記憶——。

彼がノースキルであると宣告を受けた適性の儀。

その時、偶然にもわたしは現場に居合わせていた。

絶望して危なげな足取りで神殿を出ていった姿を見て思わず声を掛けたけど、彼は気付かずに去っていってしまった。

そんな彼が侯爵家の息子で、その後すぐに家を追放された、という噂はわたしの住む屋敷でも話題になっていた。だから、世間に疎いわたしの耳にも自然に入ってきた。

その何日か後、彼ほどではないにせよ、私も貴族に生まれながら低い魔法適性を宣告された。わたしの夢は、適性の儀という始まりの日に終わってしまった。

次に彼を見かけたのは、それから少し経った頃。買い出しから帰る途中に通った森の中で、一人で修行に打ち込む姿であった。

わたしよりも低い魔法適性。わたしよりもひどい境遇。にも関わらずその目は輝きを失っていなかった。諦めた様子などこれっぽっちもなかった。

内気で周りの様子ばかり見ていたわたしは、ブレない心で努力し続ける姿に心を打たれていた。いつの間にか、わたしは憧れを抱いていた。

あまりお金にならないのに真面目に働き、罵倒してくるメンバーに対しても懸命にバフを掛け、体力はとうに限界を迎えているはずなのに自主訓練を続ける。

そんなに彼が頑張っているのに、恵まれた環境にいるわたしが頑張れないわけがない。そう勇気付けられてわたしも訓練を始めた。自力でダンジョンに潜れるようになって、彼に追いつけるよう必死で努力した。

彼のユニークスキルがレベル１０に達した時、ちょうど近くにいた私も自分のことのように喜んだ。彼が寝ながら修行しようとした時に、こっそり守ってあげられたのは今でもわたしの自慢だ。

わたしも修行を頑張った結果、それから間もなく王立騎士学校への入学の切符を手にした。わたしは補欠合格で、たまたま欠員が出たから入学できたのだと知ったのは、有力貴族のボン君がクラスの友達に大声でそう話していたのを耳にしたからだ。

それでも、入学から約三年、努力だけは続けた。みんなわたしを馬鹿にしていたけれど、そんな実力だからこそ休んでいる暇なんてないと思った。

騎士選抜試験の説明会場で彼を見つけた時、わたしの心臓は跳ね上がった。

そして第一回戦で圧倒的な実力を見せた彼は、やっぱりわたしなんかより遥か先、別の世界にいる人間なんだなって思った。アーサー隊長がアルトを褒めているのを見て、嬉しさと寂しさみたいなものがぐちゃぐちゃに混ざった変な気持ちになった。

そんな彼が、悪口を言われていたわたしを庇《かば》ってくれたのにはびっくりした。普段は泣いたりしないのに、その時はなんだか涙が零れてしまった。

一生分の勇気をかき集めて声を掛けると、もう言葉が止まらなくて、いつの間にか図々《ずうずう》しく質問までしてしまっていた。でも彼は優しくて、困った顔をしながらも一生懸命考えてくれた。

彼の存在が心の中にあったから、どんなことがあっても折れなかった、どんなことがあっても前を向けた、どんなことがあってもすぐに立ち上がれた。

だから、なんにもできないわたしだけど、彼に助けてもらってばっかりなわたしだったけど、今度はわたしが彼を庇う番――。


「……届いて――ッ!!」

ミアはギリギリのところでアルトの前に飛び出した。

アルトの代わりにミアの結界が大きなダメージを負う。もはや〝ファイヤー・ボール〟一つでさえも耐えられない、そんな絶体絶命の耐久値である。

決着をつけきれなかったボンは苛立ちで眉間に皺《しわ》を寄せる。

「〝ファイヤー・ランス〟‼」

すぐに繰り出された新たな攻撃。

ミアは今度こそ終わりだと思った。

だが、思い出が頭を駆け巡る中で、ある時アルトが言っていた言葉が脳裏に蘇る。

『至近距離だったら命中するんだけどそんな危険は冒せないし……』

そうだ。どうせあと一発で終わりなら、危険がどうとかはもう関係ない――！

そう思ったミアは迫りくる灼熱《しゃくねつ》の炎の恐怖に耐える。

もう結界に触れるのではないかというほどまで引きつけたところで、発動する。

「〝ディスペル・ショット〟‼」

ミアの指先から放たれた光の弾丸が、直後、〝ファイヤー・ランス〟とぶつかる。

次の瞬間、ボンのスキルはその場で光となって四散した。

「何ッ⁉」

ボンは自分の攻撃が競り負けたのではなく、無効化されたのを見て唖然とする。

「馬鹿な、そんなことあるはずが……‼」

一方のミアは、今の一撃に普段とは異なる感覚を得ていた。

(なんだか魔力の制御がうまくいってる)

これまで何千回、何万回と練習してきた技だからこそ、明確に異変を感じ取っていた。

（それに、力が湧いてくる……!!）

自分の体に何が起きているのか理解が追いつかなかった。

そんなミアの変化を見抜けないボンは、いつまで経っても仕留めることができない状況に煩《わずら》わしさを感じる。

「……僕の方が魔力は上だ！　このままいけば僕の勝ちなんだ!!」

ボンの言うことも事実だった。

ボンの魔力量は、ミアのそれを上回っている。それ故同じ強さの技を撃ち続けていれば、先に倒れるのはミアの方だった。

「お前が倒れるまで何度だって撃ってやる！　〝ファイヤー・ランス〟!!」

ボンはミアの魔力を削ろうとさらに畳み掛ける。

だが、それに対してミアは躊躇《ため》うことなくユニークスキルを発動した。

「〝ディスペル・ショット〟！」

スキルの制御力が高まっている今なら命中させられる気がした。

光弾はミアが思い描いていた通りの軌道を描き、ボンのスキルを寸分違わぬ正確性で捉えた。またもやボンの出した〝ファイヤー・ランス〟は消滅する。

「あり得ない！　くそッ!!　〝ファイヤー・ランス〟!!」

再度スキルを放つボン。

しかし何度試しても結果は同じだった。

「〝ディスペル・ショット〟！」

ボンの攻撃はやはり無効化される。

「あ、あり得ない!!　どうなってやがる!!」

見たこともない現象に、落ち着きを完全に失ったボン。

「〝ファイヤー・ランス〟!!」

まるでそのスキルしか知らないかのように、ただ同じスキルだけを放ち続けていた。

けれど、何度やっても結果は変わらない。

「〝ディスペル・ショット〟！」

ミアは無効化の光弾を放ち、そして立て続けに得意の〝アイス・ニードル〟を放つ。

光弾がボンのスキルをなきものにしたことで、ボンは一瞬無防備な状態になる。その僅かな隙を突いて、〝アイス・ニードル〟がボンにクリーンヒットする。

「――うっ!!」

ボンの結界が粉砕され、そのまま後方に吹き飛ばされた。

「ボン・ボーン、戦闘不能！　勝者、ミア・ナイトレイ／アルト組！」

――試験官の言葉が闘技場に響いたのだった。

決着を宣言したアーサーは、すぐさま倒れこんだアルトの元へと駆け寄った。

「……アルト。起きろ」

アーサーが体をゆすると、アルトはかろうじて目を覚ます。

それを見たアーサーは、外套《がいとう》からポーションの瓶を取り出し、アルトの口に含ませる。

「君が盛られた毒の特効薬だ。飲めばすぐに楽になるはずだ」

「毒……？　すみません……ありがとうございます」

アーサーは「礼には及ばない」と返す。

一分も経たないうちに、アルトの体はみるみるうちに生気を取り戻し、自力で起き上がれるまでに回復した。

そこに性懲《しょうこ》りもなくやってきたのがボン・ボーンであった。

「おい試験官！　そいつらは明らかにズルをしてたぞ!!」

ボンはそう言ってアーサーに食って掛かった。

「ほう？　ズル、だと？」

「今思えばあの落ちこぼれがあんなに急に強くなるなんておかしかったんだ。それもこれも、アルトが倒れた後、誰かがそいつにバフを掛けていたと考えれば全ての辻褄《つじつま》が合う!!」

確かに、ミア自身もなんらかの力によって自分の力が高まっているのは感じていた。しかし、その原因は本人にもわかっていなかった。

「その通り、ミアに対してはバフが掛けられていた。魔法制御力を強化するものだ」

アーサーが言うと、ボンは「やっぱりな!!」と息を荒らげた。

だが、アーサーはピシャリと言い放つ。

「しかし、それはアルトが放ったものだ。しかも、戦闘不能になるより前に、既に発動していたもので、当然ルール内。見張っていたが、アルトが戦闘不能になった後、新たにスキルを発動した気配はなかった」

「で、でもアイツは俺たちと戦ってる間には、強化スキルなんて使ってなかっただろ……!? そんな余裕はなかったはずだ!」

「だからアルトは倒れる直前に全てのスキルを発動したんだろう」

——実際、アーサーの見立て通りであった。

アルトは倒れる直前、バフを連続発動するテキストを起動していた。

そして、アルトのオート・マジックは、一度〝起動〟さえしてしまえば〝実行〟は本人が寝ていようが気絶していようが自動でなされる。

この決闘では、戦闘不能になった後に新たにスキルを発動することは許されていないが、戦闘中に発動したスキルを取り消すことまでは要求されていなかった。

アルトは正当な戦いをしていた。

「そ、そんな!? あの一瞬で!? ば、馬鹿な……」

ボンはアルトの力に言葉を失う。

「だが、アルト・ミアチームが勝ったのは、何もアルトの力だけによるものではない」

アーサーがミアの方に少し視線を投げてから、改めてボンに向き直る。

「バフは効果が出るまでに多少の時間がかかる。アルトがバフを掛けたといっても、実際に試合中に効果を発揮したのは魔法制御のバフ数回分だけだろう。ミアがお前を倒せたのは、努力で積み上げた地力があってこそだ。お前たちはアルトにもミアにも力が及ばなかったんだ」

「……ッ!!」

ボンは歯軋りをして地面を見る。

しかし、アーサーの言葉はこれで終わりではなかった。

「それに。逆に妨害していたのはお前たちだろう」

その言葉にボンは驚いて顔を上げる。

「なな、何を!? 僕たちが妨害？ そ、そんなことあるはずがないだろ！」

ボンはしどろもどろになりながら反論する。

だが、アーサーは既に全てを掴んでいた。

「おい、連れてこい！」

その声に導かれるようにして決闘場の建物から男たちが出てきた。

二人の衛兵が、中年の男を両脇からしっかりと掴み、半ば引きずるようにして連れてくる。その男の顔を見た瞬間、ボンの表情が一気にこわばった。

衛兵に連れてこられた男は、ボンの父親がひいきにしている役人だった。

「この者が、お前と、その父ボーン伯爵に命じられ、アルトへの妨害工作に携わっていたことは既に調べがついている」

「そそそ、そんな!! ち、違います！」

「とぼけても無駄だぞ。アルトに盛った毒の入手ルートも把握済みだ。この小役人がボーン伯爵から見返りの金銭を受け取っていたことも裏が取れている」

「……!!」

ボンは言葉を失う。

「何を今さら慌てている。アルトに解毒薬を飲ませた時から、俺が全てを知っているとわかって然《しか》るべきだろう。お前が盛った毒は専用の解毒薬でないと治せないものなのに、俺がその解毒薬をたまたま持っていて、アルトに飲ませたとでも思ったのか」

アーサーがそう言うと、ボンは滝のように汗を流して目をきょろきょろさせた。

だが、周囲に彼を守ってくれる人間は一人もいなかった。

そして、アーサーが目くばせすると、脇に控えていた別の騎士がボンの身柄を拘束《こうそく》する。

「騎士になろうという人間が対戦相手に毒を盛るなど万死《ばんし》に値する。連れていけ」

「や、やめてくれええぇ!!　ぱ、パパ!!!!!　助けてぇ～～!!!」

ボンは子供のように泣き喚き、その情けない声が会場中に響き渡る。だが、その訴えは誰に受け止めてもらうこともできないまま消えていく。

強面《こわもて》の騎士数名に囲まれたボンは、強制的に退場させられていく。

その様子をアルトたちは白い目で見ていた。

毒を盛られたアルトだったが、それに対する怒りはなかった。むしろ、彼がなぜそんな愚かなことをしたのだろうという疑問の方が強かった。

「アルト。すまなかったな。お前が妨害を受けていることは知っていたが、あえて放置していた」

と、試験官のアーサー隊長がアルトにそう謝罪した。

「陰謀《いんぼう》に対してどう対応するのか、それも含めてお前の力を見るためであったが、まさかこうして真正面から跳ね返すとは」

普段刺すような目つきのアーサー隊長も、今は感心した表情を浮かべていた。

アルトは内心で苦笑いする。毒を盛られると知っていたなら、さすがに教えてほしかった。

だが少し考えて、そもそも簡単に毒を盛られた自分が悪いのだという結論に至った。

「さて。既にアルトは第一の試験で∧努力のエンブレム∨を、第二の試験で∧対応力のエンブレム∨を、手に入れていたはずだな。そして、今回のチーム戦でも、仲間を強化しチームを勝利に導いた。言うまでもなく、∧チーム力のエンブレム∨を授けるにふさわしい」

アーサーはアルトに三つ目のエンブレムを差し出した。

アルトは頭を下げてからそれを受け取る。

――これで騎士になれる。

「魔法適性なし」すなわち「ノースキル」。そんな絶望的な烙印を押され、実家を追放されたあの日。人生のどん底だったあの時から、遠回りはしたが、ようやくここまで漕《こ》ぎ着けた。

アルトは安堵《あんど》の溜息をつく。

「――そして」

アーサーはミアの方に向き直った。

――そう。彼女もまた、試験の審判を受けるのだ。

「ミア。君はここまで、一つもエンブレムを獲得していなかったな」

アーサーの問いかけに、ミアはこくり頷く。

騎士になるには、三つのエンブレムを集める必要があった。しかしミアは第一、第二の試験共に失敗していて、ただの一つも獲得できていない。

「君のユニークスキルが、実戦ではまともに役に立たない〝外れスキル〟だったのは聞き及んでいる」

アーサー隊長の言う通り、世界でミア唯《ただ》一人に与えられたユニークスキルは実戦での使用に耐えない代物だった。

それでもミアは決して諦めなかった。ずっとその外れスキルの可能性を信じ、投げ出すことなく磨いてきた。そして今日その努力の成果がようやく花開いたのだ。

「自分の特別な力を信じてここまで歩みを止めなかった。だから〈努力のエンブレム〉を授与する」

アーサー隊長はそう言ってミアにエンブレムを与えた。

「……ありがとうございます！」

ミアは涙を流しそうになりながら、エンブレムを受け取った。

全国から優秀な人間が集まったこの騎士学校。

その最後の試験で、たった一つでもエンブレムを獲得できるというのは誇りに思って良いことだった。

――だが、話はそれだけは終わらなかった。

「さらに。信頼する仲間が倒れたという難局を、自分の力を信じて見事に乗り切った。とっさの判断でアルトを庇いながら次の一手で逆転につなげた。だから二つ目〈対応力のエンブレム〉を与える」

辺りがにわかにざわつく。

これまでたった一つのエンブレムも手に入れていなかったミアが、一気に二つのエンブレムを手に入れたのだ。一つの試験で二つのエンブレムを手に入れることはかなり珍しいことで、少なくとも、今年の試験では初めての出来事だった。

ミアは驚きながら、二つ目のエンブレムを受け取った。

そして――。

「さらに、仲間に力を借りることで、自分が本来持っている何倍もの力を出した。貴族の出身でありながら、平民のアルトを馬鹿にすることもなかった。最後まで仲間を思いやった」

アーサー隊長の言葉に周囲がざわつき始める。

誰もがまさかと思った。

だが、それは現実のものになった。

「だからこそ、最後のエンブレムを与える」

――そうして〈チーム力のエンブレム〉が手渡される。

「ありがとうございます――ッ!!」

三つのエンブレムを集めた。

それは、彼女が騎士になることを意味している。

「まだまだ足りない部分はある。だが期待している」

アーサー隊長はそう締めくくった。

三つのエンブレムを受け取ったミアはアルトのいる方へ振り向く。

絶体絶命で迎えた最後の試験で、騎士の座を掴み取った。その瞳からは涙があふれていた。

「……アルトさん……ありがとう……ございます。アルトさんのおかげです……」

アルトの前まで来て、片手で涙を拭いながらそう言うミア。短い言葉に万感が込められていた。

「そんな。ミアが頑張ってきた結果だよ」

アルトからしてみれば確かにそうだ。二人が一緒に修行してきた三週間という時間は、ミアが一人で努力を続けてきた年月に比べてあまりにも短い。

だが、ミアからすれば、アルトとの出会いがなければ騎士学校に入ることすらできていなかったのだ。「アルトのおかげ」というのは、ミアの本心であった。

また、アルトにとってもミアの合格は自分のことのように嬉しく感じられた。誰からも期待されずにそれでも努力を続けてきたという点を、どこか自分と重ねていたのかもしれない。

「本当におめでとう。これからもよろしく」

ミアの心の中に、また大切な一ページが刻まれた。

「では次の決闘に移る。君たちは控えに戻ってくれ」

アーサーの言葉で今がまだ試験中であることを思い出す。

二人は控えの席に戻るべく、歩き始める。

その途中、アルトは入退場口に立っている人物に気が付いた。

「ミア、あそこ」

ミアはアルトに言われた方に目を向ける。その視線の先にいたのは――、

「お父様……」

ナイトレイ伯爵であった。

試験で結果を残せない娘に、これ以上家名を傷つけるなと言った男。アルトの印象は良くなかったが、しかしミアは「騎士になってお父様を見返したい」と言っていた。だからあえて口出しをせず、事の成り行きを見守った。

ナイトレイ伯爵と向かい合ったミアは、はじめ言葉を紡げずにいた。

けれど、少しして、一つ深呼吸をしてから、ようやく言葉を見つけた。

「私、騎士になったよ」

娘の報告。

ミアがずっと言いたかったであろうこと。

だが、それを聞いたナイトレイ伯爵は、

「そうか」

低い声で返す。

そして──

「我がナイトレイ家には関係のないことだ。勝手にしろ」

そう厳かに言ってから、外套を翻しその場を去っていった。

ミアは呆然とその背中を見つめる。

ようやく騎士になれた。これで認めてもらえると思った。

だが、父が娘に掛けたのは、あまりに厳しい一言であった。

ミアの瞳からは、嬉し涙が引いて、代わりに悲哀の涙が零れようとしていた。

アルトはそっとミアの近くに立った。

「ミア。あれはね、期待してるって、素直に言えないだけだよ」

アルトはミアの腕をポンと叩いて励ましの言葉を掛ける。

「そう……かな」

半信半疑のミア。

けれど、アルトは確信していた。

「俺の父親は俺を捨てた。だからわかるんだ。本当に人を見捨てた時の目は、あんなんじゃないから」

アルトの言葉を受け止めたミアは少しだけ視線を下に向けてから、再び顔を上げて涙を拭った。

「……だといいな。ううん、いつかちゃんと認めてもらえるように頑張ります」

ようやく笑みを浮かべるミアに、アルトもつられて笑う。

二人揃って騎士になることができた。

束の間のハッピーエンドだ。

だが、アルトには、内心一つ気になることがあった。

(騎士になって王宮に行けば、また父さんと会うことになる)

アルトの父ウェルズリー侯爵。

息子であるアルトを見捨てた、本物の冷たい心を持った男。

彼は、今宮廷にいる。

そのことは風の噂で聞いていた。

そして、アルトが騎士になるということは、必然的に王に仕える身分となるわけで、否《いや》が応でもいずれ顔を合わせることになる。

(果たして父さんは俺を見てなんて言うのかな)

■エピローグ

大臣室。

「よく来てくれた」

ワイロー大臣が歓迎の言葉を掛けた相手は、アルトの父親、ウェルズリー侯爵であった。

「とんでもございません。早速ですが大臣、お呼びいただいたということは――」

「ああ、ついに完成したのだよ」

「おめでとうございます！」

「お前の用意した〝アレ〟がなければ成し得なかったことだ」

ワイローは果実酒の入ったグラスを傾ける。

「頼んでいた当日の準備の方も抜かりはないな？」

「もちろんでございます。この日のために精鋭部隊を用意しました」

「全く頼りになる奴だ」

「ありがとうございます」

感謝の言葉に、ワイローは満足そうな表情を見せ、軽く頷いた。

「まさかボーン卿があんなことで失脚するとは思いもしなかったからな」

ボーン伯爵はワイロー大臣の右腕であったが、息子のボン・ボーンの騎士選抜試験で不正を働いた罪で投獄されていた。

「危うく計画が白紙になるところだったが、お前が力を貸してくれたおかげで計画はついに最終段階を迎えることができた」

ボーン伯爵が失脚した後、ウェルズリー侯爵はいち早くワイロー大臣に取り入った。

ウェルズリー侯爵は今まで自身の領地で力を蓄えることに注力していたが、それも一段落したところで、次はより大きな権力を手に入れることを目論《もくろ》んでいた。そのためにはまず王室や宮廷の重鎮《じゅうちん》との太いパイプが必要であった。

先代の王とは懇意にしていたが、今の王になってからは交流が途絶えてしまっていたのだ。王本人の質実剛健さ、そして不正を許さず臣下や民のためなら宮廷における多少の不便も厭《いと》わない姿勢、そういった性格がウェルズリー侯爵を自然と遠ざけていたのだ。

だが、世代は変わる。王子とその派閥筆頭であるワイロー大臣。ウェルズリー侯爵は、この二人からはどこか似た臭いを感じており、実際に会ってみるとソリも合った。

ボーン伯爵の失脚はまさにウェルズリー侯爵にとってまたとない好機であり、彼はこの機を逃すまいとしていたのだ。

「では用意した実動部隊の方には、当日までの詳細な動きを伝えておきます」

「そうしてくれ。これがうまくいけば、私が宮廷の人事を完全に掌握《しょうあく》できる。当然、目障りな宮廷のゴミを全て排除《はいじょ》することになるだろう。そうなれば、空いたポスト……そうだな、次の財務長官あたりにお前を就けてやるぞ、ウェルズリー卿」

ワイローは邪悪な笑みを浮かべて言う。

「光栄なことでございます」

アルトの父親は口の端を歪め、深々と頭を下げた。

◇◆◇◆◇◆◇◆◇◆

この日、リリィは騎士団に入ってから初めて、休暇を訓練以外に費やしていた。理由は、アルトの騎士選抜試験合格を祝うためである。

「うん、ポケットが多いのは便利で良さそうだ」

「こっちの服がいいんじゃない？」

「色は……やっぱりアルトといえば黒かなぁ」

「俺もそれが一番いいと思った」

二人は一着の外套を購入して店を出る。

店に入る前に比べ、外の日差しはだいぶ和らいでいた。

「今日は付き合ってもらって悪かったな」

「悪いなんてことないよ！　むしろ嬉しいし楽しかった。アルトの方から一緒に買い物に行こうなんて連絡もらったときは、少しびっくりしたけどね」

「昔の俺だったら考えられなかったかもね。でもリリィが働いてる姿を見て、俺も入団するなら一着ぐらいビシッとした服が欲しいと思ってさ。それで、俺一人だと何選べばいいかわからないからお願いしたわけ」

「いいのが見つかって良かったね」

二人は気付けば騎士団本部の前まで来ていた。

「送ってもらってありがとう」

「気にしないで。俺も今度から働く場所を見ておきたかったんだ」

「そっか」

試験に合格したメンバーは、数週間の準備期間を経て、正式に騎士団へ入団することになる。まだ配属などの詳細は知らされていない。

アルトは騎士団本部の外観を見て感慨に耽る。その気持ちはリリィにも伝わっていた。

「今度からはアルトもここで働くんだもんね」

「ああ」

「そういえば、あの時もこうして一緒に買い物に来てたよね」

「リリィが騎士団に入る前の日か」

「その時のこと、覚えてる？」

忘れるはずなどなかった。その日、リリィと二人でした約束がなければ、ここまでたどり着くことなどできなかった。こうして二人でまた会うことだって叶わなかったかもしれないのだ。

「夢の話のこと？」

「そう。二人の夢の話」

「ああ。覚えてるよ」

「良かった！　せっかく夢が叶ったのに、アルトが忘れてたらどうしようかと思ってた！」

どこか気恥ずかしさを感じ、そう言って茶化すリリィ。

「忘れるわけないし、これからも忘れることはないと思う」

ストレートなアルトの言葉に、リリィは一瞬驚いたが、すぐに嬉しそうに目を細めた。

「わたしも」

「ここまで待たせたな」

「全然。アルトならいつか来てくれるって信じてたから」

二人は顔を見合わせる。

「これからよろしくな」

「うん、これからもよろしくね」

少し未来の話に思いをはせ、二人は笑い合った。

あとがき

こんにちは、アメカワ・リーチです。この度、書籍化二冊目である本作『オート・マジック』を刊行させていただくことになりました。一作品で消えずに済んだことに心底ホッとしています。

さて、そんな駆け出しの私ですが、一つ小噺《こばなし》として、デビュー直後の新人作家のテンションがどんな感じなのか記載してみようと思います。

はっきり言いまして——毎日イキリ倒しています。ええ、イキリ倒しています。デビューが決まった後、嬉しさのあまり友人には「今後は先生と呼んでいいぞ」等と触れ回りました（その結果、友人からの二人称が〈大作家先生〉になりました）。

そんな感じでイキリ倒しているわたくしめ、先日とうとうやりました。なんと人生で初めてグリーン車を利用したのです。あの成功の象徴、グリーン車です。

原稿の締め切りも近かったので、広々とした座席で集中して執筆をしちゃおうと思って——いや、そんなの建前《たてまえ》です。本音は「作家先生たるもの、グリーン車くらい乗って当然ではないか、がはは」と。そう思い、五千円も払って乗り込んでみたのです。

ところがです。いざその座席に座ってみると、はたと気が付きます。あれ、これ贅沢《ぜいたく》すぎね？だって五千円って、本が百冊とか売れてようやく手に入るお金ですよ？そう考えると私にはいくらなんでも時期尚早なのでは……？

そして私にグリーン車は早いと確信させる出来事が起きます。その日、私はセブンイレブンのアイスコーヒー（税別93円）を片手に車両に乗り込んでいたのですが、グリーン車のラグジュアリーさにソワソワしてしまい、座席に座った後しばらくコーヒー片手に呆然《ぼうぜん》としておりました。すると、おしぼりを渡しに現れた乗務員さんが、いきなりこんなことを言います。「お客様、こちらにテーブルがございます」と。乗務員さんが指さす場所を開けると、コーヒーを置くためにふさわしいと思われるサイドテーブルが現れました。

いやいや、待て待て乗務員さんよ。なぜ私にその説明をした？　これでは「あなた、グリーン車初心者でしょ？　テーブルの存在なんて知らないでしょ？」といわんばかりではないですか（実際知らないんだが）。私があえて使わなかったという可能性は考えなかったのですか？　グリーン車初心者のオーラでも出てたんでしょうか。……うん、やっぱり私には時期尚早か。

そんなわけで、もっと大物になるまでグリーン車は封印することにしました。そして、おかげさまで謙虚《けんきょ》な気持ちを取り戻すことができました。明日から普通座席で執筆頑張って参ります。

謝辞です。今作を無事出版できたのは、Web版を応援してくださった読者の皆様、素敵なイラストを描いてくださったミユキルリア先生、一緒に執筆してくれた逢先生、そしてBKブックスの担当編集K様のおかげです。本当にありがとうございます。

そして最後に。物語はこれからもっと盛り上がっていきます。願わくば、皆様に続きをお届けできますように。

二〇二一年九月　アメカワ・リーチ

「人に恵まれた人生だった」

僕が自身の半生を綴《つづ》るならこう書き出すことでしょう。妻、親、兄弟、祖父母、友人、先輩、後輩、上司、同僚、感謝すべき相手を書き出せばキリがありません。そして、本書に携《たずさ》わる機会を得られたのも、まさに人の縁によるものでした。

旧知の仲であるアメカワ先生には、この場を借りて改めて深謝いたします。

本書の主人公であるアルトくんは、タイトルにもある強力なユニークスキル「オート・マジック」を得たことで、怒涛《どとう》の活躍を見せてくれます。

次に何をやらかしてくれるのだろう、という期待感。そしてその期待を裏切らない爽快感。こうしたアメカワ先生の魅力的な作風が存分に発揮された作品になっているかと存じます。

さて、規格外のスキルを持つアルトくんですが、彼の成長や活躍は一人では成し得なかったという側面もあります。ヒロインをはじめとした様々な人との繋がりがあってこそ、今の彼があるのです。

絶望の淵から救い出してくれる。

挫《くじ》けそうになった時に支えになってくれる。

人知れず続けてきた努力を認めてくれる。

共に歩んでくれる。

とても気持ち良い無双劇の中でも、こうしてアルトくんは助けられ、逆にアルトくんも誰かの助けになっています。

そんなキャラクターたちの魅力がよりたくさん伝わるよう、アメカワ先生と協力し、改稿して参りました。彼ら彼女らの魅力の一端でも感じていただけましたら、この上ない喜びです。

本書のキャラクターたちを美麗なイラストで彩っていただいたミユキルリア様、また、担当編集様ならびにこの本の制作に携わっていただいた全ての方に御礼申し上げます。

そして誰より今この本を読んでくださっている貴方へ、最大限の感謝を込めて。

二〇二一年九月　逢正和

BKブックス

全自動魔法《【オート・マジック】》のコスパ無双

「成長スピードが超遅い」と追放されたが、
放置しても経験値が集まるみたいです

2021年11月20日　初版第一刷発行

著　者　アメカワ・リーチ ／ 逢 正和《むかいまさかず》

イラストレーター　ミユキルリア

発行人　今 晴美

発行所　株式会社ぶんか社
〒102-8405　東京都千代田区一番町29-6
TEL 03-3222-5150（編集部）
TEL 03-3222-5115（出版営業部）
www.bunkasha.co.jp

装　丁　AFTERGLOW

編　集　株式会社 パルプライド

印刷所　大日本印刷株式会社

ISBN978-4-8211-4609-3